増補改訂版

誰にも死ぬという任務がある

Ayako Sono

曽野綾子

徳間書店

目次

週末病

ブックデザイン：神長文夫＋坂入由美子（ウエル・プランニング）
カバーイラスト：MINGHAI ZHU / PIXTA（ピクスタ）
著者写真：篠山紀信
写真提供：河出書房新社

カジノの転機

この世で信じていいのは、死だけなのだ

一九八四年から八七年にかけて、中曽根内閣の下に臨時教育審議会が開かれていた時、委員の一人だった私は五十代の前半であった。若くもないが、うんと年寄りでもなく、人生の中ほどにさしかかっていた。

その頃の私は、個人的な転機を過ぎたところだった。ちょうど五十歳になる直前に私は視力を失いかけ、作家としての仕事が今後続くかどうかの危機に立たされた。

私の近視は生来のものであった。子供の時から分厚い近眼の眼鏡をかけていた。大人になるにつれ、眼鏡をかけても充分な視力が出ないので、私は対人関係に関して恐ろしく小

心になった。誰と会っても、相手の顔を覚えられないから、人中《ひとなか》に出るのは恐怖の時間だった。それが四十九歳と十一カ月の時に受けた眼の手術によって、私は突然いい視力を得て、眼鏡なしで暮らせる人間になったのである。

もちろんこれは劇的な幸運であった。私の周囲の世界は一変して明るく鮮明になった。私はその変化に有頂天になってもいいはずだったのに、私の心はあまりの環境の激変について行けず、一時は食欲を失い、軽い鬱《うつ》病になった。

すべてのものがあまりにも鮮明に見えるので、私にとって外界の刺激は強くなり過ぎ、心理的に疲れてしまったのだろう。私がようやく平静な心理を取り戻し、後半生に贈られた贅沢《ぜいたく》として、形も色彩も鮮明に色濃くなった世界を充分に味わうようにしよう、と思った時、不思議なことに私に最も強く迫ったのは死の概念であった。つまりこの世が、死の前に与えられた貴重な時間だと自覚したからこそ、瞬間ごとの光景が今までにないほど重い意味を持ちながら、輝いて見えるようになったのである。

教育は、まだ体験しないできごとに対して「備える」ことを目的とする。跳び箱がそうだ。私たちは、ああいう障害物を飛び越えるという事態を体験することはまずない。後年、私はイタリアのカプリ島で豪雨に遭い、まともな道路が冠水して通れなくなったので、崩れた低い石垣を乗り越え、他人の畑や庭を無断で横切って、どうやら港まで辿《たど》り着いたことがある。しかしカプリ島の豪雨体験に近いものがなかったら、私にとって跳び箱で瞬発的な跳躍力を伸ばす必要など、全くなかったのだ。

眼が見える生活が落ち着いた頃、私は臨時教育審議会の委員になった。私の悪い性格の一つに、昔から制度というものを重く見ない癖があった。教育制度を整えることは一応大切だが、人間が自分を教育するのに必要なものは、制度ではなく一人だけの毎日の闘いだ、という不遜な思いが強いのである。自分を伸ばす方法は、ほとんど外界に関係なく、抜け駆けして自分で教育材料を見つけることだ、と思っていた。つまり外界がまともなものでもそれを信じず、外界がまともでないならその時こそ自分を自分の好きなように成形するチャンスだというふうに受け取っていたのである。

だから教育改革が不必要だとは言わないが、私はそこで論議されることに恐ろしく鷹揚《おうよう》であった。それは断じていけない、とか、これをどうしてもしなければ教育は滅びる、と思うほどの情熱がなかった。それにはっきり言えば、二十五年前の日本では、今ほど教育崩壊が目立っていなかったのだ。

しかしこのいわゆる臨教審の期間中に、私がたった一項目だけ、数回にわたって提言したことはある。それは、死に関する教育を、ぜひとも義務教育中に行うことであった。

私流の表現で言えば、世の中のことは、すべて期待を裏切られるものである。地震の時に持ち出す非常用のカバンを整備したら、いっこうに地震は来ず、カバンの中味を出したら地震が来た、という人もいる。嫁にも行かずずっと同じ家で暮らしてきた娘がいるから、自分の老後はこの娘の世話になろうと思っていたら、思いがけなく娘の方が先に亡くなったりする。世間の悲哀というものは、多かれ少なかれ、そのような形を取る。

しかし死だけは、誰にも確実に、一回ずつ、公平にやって来る。実にこの世で信じていいのは、死だけなのである。

それほど確実な事象なのに、日本の学校では何一つ教育をしないのだ。何という無責任なことだろう。だから新しい教育では、たとえわずかな時間でも、死が不可避なこと、死を前提に生の意味合いを考えるべきだということを、教えてもいいはずだ、と私は思ったのである。

しかし結果的に言うと、私の提言は取り上げられなかった。委員の誰一人として死について教える必要性を強くは感じていなかったのである。

死を考えずに生きている日本人

多くの人たちが、日常生活でほとんど死を考えない、ということがかねがね私には不思議でたまらなかった。お葬式に行くと、告別式場で帰りに挨拶状を渡されるのだが、その中には小さな塩の袋が入っている。「食べられません」と書いてあるのも不思議だった。あれは果たして塩なのだろうか。家に帰りついたら、肩のあたりにはらはらとその袋の中身を振りかけてから自宅の玄関を入る。するとそれで不浄な死は清められてしまい、死という怪物も我が家に入り込めなくなる、という発想で、死の観念を遠ざけているのであろう。

そのようにして、死を考えないで生きることが日本人はうまかった。しかし外国人は、というより、私がよく知っているキリスト教徒たちはけっしてそうではなかった。彼らは、死を生のゴールと考えている。むしろ悩みも苦しみも多い現世の役目を終えて、善人は神の元に召されて永遠の安息の中に生きるその節目だと考えていた。

だから死の日のことを、カトリックでは「生まれる日《ディエス・ナターリス》」と呼ぶ。一方で、死ねば万事終わりで無に帰すのだ、という人たちもたくさんいる。これればかりはどちらが真実か、現世で決着をつけることはできない。世の中には、証明できないことがたくさんあるのに、証明できないことは、ないに等しいと考えている人も多いのである。しかしそれは私の体験ではまちがいである。証明できなくても、存在しそうなことが私にはたくさんあった。

私はカトリック教徒としていい信者ではなく、信仰生活では劣等生だと感じている。口先で卑下してみせているのではなく、ほんとうにそう実感しているのだ。毎日の祈りもなおざりにする。日曜日に教会に行くのが辛《つら》い理由は、最近では怪我をした足の痛みが朝強いせいだと言えば都合がいいのだが、第一の理由は、私が人の集まりに出るのが怖いからである。私は神から見て劣等生なのだが、それは少しも構わない、と思うのも困った理由だ。人生には、劣等生がいるから、優等生という人が鮮明に意識される。私は、神の優等生を際立たせているという点で存在の意義がある劣等生なのだ。

それに神はまたいいことを言っているのである。自分は義人、つまりいい人のためにこの世に来たのではない。悪人のためなのだ、とも言っているのだ。すると私がダメ信者、ダメ人間でも、神は決して見捨てないと保証しているのだ。

劣等生の私なのだが、今までに数回、もしかすると、私のような者でも、神は覚えていてお使いになるのか、と思ったことはある。

私は一九七二年から、おかしな経緯（つまり崇高でないきっかけ）で、韓国のハンセン病患者たちの村の経済的な支援をするようになった。別にしたくはなかったのだが、皮肉にもそうなってしまったのである。この支援がしかし、私の希望でもないのに、次第次第に大きくなって行った。つまり寄付金も余るようになったのである。

そして一九八三年、私は自分が書こうとしている新聞小説の取材のために、アフリカのマダガスカルに行くことになった。マダガスカルの僻地《へきち》で助産師として働いているシスターの仕事を学ぶためであった。

取材の最後の日に、現場で私をいつもエスコートしてくれた一人の商社マンが「博打場《カジノ》は見なくていいんですか？」と聞いてくれた。私のいたホテルの最上階に、確かにカジノはあったのだが、私は賭け事が好きではないので、忘れていたのである。

私の書く主人公は、いつもいい加減な性格だから、カジノにも行くかもしれない。それなら一目見ておくか、と私は渋々納得した。商社マンとエレベーターに乗りながら、私は「もし儲《もう》かったら、あの貧しいシスターたちの産院に上げなきゃね」と呟《つぶや》いた。ほとんど言葉の上での空約束である。

私は博打《ばくち》で儲けることなどあるわけはないという確信さえ持っていたので、その日たった二回だけルーレットをやった。そしてその二回共当てたのである。

大当たりと言えなかったのは、そのカジノでは賭け金の上限が決められていたので、私の受けたお金も十万円に満たないわずかなものだったのだ。しかしルーレットを二回続けて、少しの無駄な目に張ることもなく当てる、ということは、実は普通の人間のめぐり会う幸運の可能性からは大きく外れている。ともかくそれがきっかけになって、改めて私は途上国で生涯を賭けて働く日本人の神父と修道女を支援するNGOを作ることになった。

その夜、人気《ひとけ》もまばら、照明も陰気なカジノで、私に「エレベーターの中での誓い」を確実に実行させたのは神だと思う他はない。この幸運の確率は、普通の人間が生涯に出会えるものではないからである。

私は神との約束は破らなかった。神は劣等生としての私の存在を覚えているらしいし、お調子のいい約束としてエレベーターの中で言ったことも聞いて記憶しているとしか思えない。人間の死の時、神仏がいるかいないかは、実に大きな要素なのだ。たとえばそういうことを一度も考えずに老年を迎えることはある意味で無残だ、と私は思うのである。

余韻を残す

人生も四楽章から成っている

私は決して音楽に詳しいわけではない。しかし人生の半ばから、自然にクラシックを聴くようになった。それまでは、ほとんど音楽と無縁の暮らしをして来て、書く時など、あらゆる音楽が煩《うるさ》いと思う時が多かった。

前章でも触れたように、五十歳を目前にして、病気のために視力を失いかけた時、私は初めてＣＤで音楽を聴き始めた。私は眼科の診察を受けに名古屋の近くの病院まで新幹線で通っていたのだが、車中でもずっとクラシックを聴いていた。本が読めなくなった以上、そうする他はなかった。そういう生活が前後三年近く続いた。

当時私は、常に音楽を小説になぞらえて聴いていた。私は小説家が作品を作る過程なら熟知している。それと同じように、作曲家はどのように曲を作っていくのだろう、という興味はあった。

シンフォニーは、急、緩、メヌエット（またはスケルツォ）、急、の四楽章から成るという。実を言うと、私はこういう約束があることも知らなかったのである。第三楽章しかなくても、第五楽章まであるものがあっても少しも構わないだろうに、と思っていたのである。長篇小説に型や長さの制約は一切ない。

あくまで素人判断だが、どの交響曲にも、同じような特徴が感じられた。第一楽章はやや堅くて、説明的で、味が悪い。熟していない感じである。それが第二楽章になると、とたんにどの曲もそれなりにのびのびとしかも絢爛《けんらん》としてくる。語りたい思いも、充分な遊びも、共に感じられる。オーケストラの人々の演奏もまた、それに合わせているようでもあった。第一楽章は車のエンジンの掛かりたてと同じで、なかなか温度が上がらないという感じである。それが第二楽章になると、温かく、血がすみずみまで巡るような活気を見せて、演奏に艶《つや》が出て来る。

その頃、私が納得できなかったのは、第四楽章であった。最終楽章なのだから、いわば曲の思いの総括なのだが、どれも力み過ぎているように思えてならなかったのである。私の眼は二、三年の絶望的な時代を経た後手術を受け、かつてなかったほどの視力を取り戻したのだが、後に一つの置き土産のような変化を残していた。小説を書く時に音楽は煩いと思っていた私が、毎月連載小説を書く前にまず決めた曲を聴いてから書き始めるようになっていたのである。一種のテーマソングである。その音楽を聴くと、断たれていた物語と情感が、月刊誌なら一月ぶりに甦《よみがえ》って来るという感じの変化が定着していた。

しかし第四楽章が、その作曲家の思想の集大成だろうと納得できるようになったのは、割と最近である。

第一楽章は、青年期の「宣言」のようなものだ。学問や仕事の選択の時に示される、人生への好みや、時には理想のようなものも高らかに謳《うた》い上げられる。ただし若い時の精神の起伏は稚拙で直線的で激しい。あれこれ企《たくら》み、試しにやってみていい気になったり、失敗して絶望的になったりする。つまり論理が人生を主導する。表現はまだ非常に慎重で堅い。これが第一楽章である。

三十代四十代になると、生き方にかなり安定した自分らしい方向性ができる。多分このやり方でやれば、うまく行くだろうという経験則もいささか身につくようになって、自信に溢《あふ》れる人も出るようになる。しかもまだ未知の部分もたくさん残されている。これが最も楽しくあでやかな第二楽章の魅力の原因である。

第三楽章については、今でも私はよくわからない。人間の実人生でこれに相当するのは、五十代六十代である。メヌエットやスケルツォは、三拍子で軽快なのが特徴なのだそうだが、私の中年以後は、三拍子の軽快さなど全くなかった。ただ現実に返れば、私の五十代六十代はほんとうにいい年月だった。もう若くもないが、眼は見えるようになり、愛嬌《あいきょう》で通る年ではなかったが、私は充分に人間になれたような気がしていた。私はもう背伸びをしていなかった。いい友人が男女を問わずたくさん増えた。知的な話もでき、自分をいささか開放してユーモラスな会話も板につく年頃になっていた。子供は独立し、親は見送って、どこへ旅行するのも自由になった。体力とお金は、そこそこ釣り合いが取れて充実していたし、何より、私には死ぬまで拡げて行きたいテーマがはっきり見えた時代だった。

そしてやがて人生の第四楽章にさしかかる。実は私はシンフォニーの第四楽章で感動したことはあまりない。しかしそれが大切なものだったということは最近になってわかる。第一楽章のモチーフは、どこかでずっと生きている。それが私の生活上の強力な好みだというものは、全く変わっていなかったのである。

ただ何ごとでも締めくくりというものは必要なのだ。芸術ではことに大切だ。締めくくりの効いていない芸術作品などというものはないだろう。締めくくりこそが余韻を作る。そして私は、余韻のある人生に惹《ひ》かれたのである。

以前韓国の慶州《キョンジュ》で、新羅《しらぎ》の鐘を聴いたことがある。その余韻は一分や二分ではなく、信じられないほど、長く古都の山裾に漂っていた。その音をどう聴くかは人による。ただ余韻というものは、何より高圧的ではなくていい。こう感じなさいというような命令的なものは一切ないのである。しかし切々と訴えるべき思いは豊かに蓄えられている。

「年を取り、坂を下るのを見ることは、歓びです」

ここで私は、今後もしばしば触れることになるだろうと思われる一人の人物を紹介しておきたい。誰にとっても直接自分が会ったことのない歴史的な人物なのに、折にふれてその生き方に大きな影響を受けた人というのはあるはずなのだが、私にとってその一人が、シャルル・ド・フーコーという神父である。

シャルル・ド・フーコーは一八五八年、フランスのストラスブールの貴族の家に生まれた。八歳の時、父母と死別。父の妹である叔母の家に引き取られた。従姉《いとこ》マリーは八歳年上で、やがてシャルルはマリーに深い愛を抱くが、マリーはシャルルの十六歳の時、ド・ボンディ夫人となる。まさかそれほど年下の従弟《いとこ》がそのような感情を自分に抱いているとは、マリーは想像できなかったのであろう。

シャルルは軍人としての教育を受けるが、二十歳《はたち》で祖父が死去すると、財産を相続して自由に使える身となった。マリーを失った自暴自棄的な気分もあったのか、シャルルは信仰を失い、女と食道楽に耽《ふけ》り、体に合う軍服がないほどの肥満体になったという。一八八一年アルジェリアの戦闘に参加した時、怪しげなミミという女性をド・フーコー夫人と偽って同行し、まもなくそれがばれて、「軍を取るか、女を取るか」と迫られると、シャルルはあっさりと「女を取ります」と言って軍を追われるのである。

しかしまもなくシャルルは女とも放埓《ほうらつ》な生活とも別れ、アラビア語を学び、コーランを読み、信仰について考えるようになる。すべての関心が、以後の生涯を賭けた生活と結ばれていたのだ。やがてフランスに戻ったシャルルは、心密《ひそ》かに想い続けていたマリーに再会した。マリーの説得で罪の告白をし、聖体を受け、彼は激しく神に呼び戻された自分に気がつく。二十八歳の時である。

一八九〇年、三十二歳の時、俗世における最後の晩をマリーの足元に座って過ごした後、シャルルはトラピストの修道院に入った。

一九〇一年司祭に叙階されるとまもなく、シャルルは再びアルジェリアに渡った。神が自分を呼んでいるという自覚もあったろうが、現世では、マリーの、ド・ボンディ夫人としての生活を自分の存在故に乱さないために、永遠に自分を遠くにおこうとしたのだろう、と私は推察する。一九一六年までの約十五年間、三度フランスに戻った時以外、シャルルはアルジェリアのタマンラセットの山地にこもって、周囲の原住民たちの改宗を試みようとしたが、全くと言っていいほど効果はなかった。

一九一六年、過激派のシヌシ教徒の襲撃を受けた時、十五歳の少年によってシャルル・

ド・フーコーは射殺された。足元には、遺言でマリーに残すことを明記した手書きの聖書が落ちていた。

一九〇三年、シャルルはまだ充分に若い四十五歳であった。私たちの常識から言えば、前途も長い壮年期の真《ま》っ只中《ただなか》にあるのだが、既に彼は次のように書いているのである。

「自分が年を取り、坂を下るのを見ることは、申し分のない歓びです。それは私たちにはよい解消の始めですから」

矛盾することとなのだが、シャルル・ド・フーコーの中においても、(若さや自己の存在そのものを) 失う予感によってのみ、初めて自己の本質を神の前に素直に現すことができるようになった面があるのだろう。死の一年前の一九一五年夏、シャルルは生涯、現世では会うことを避けたまま愛し続けたマリーに書く。

「タマンラセットでミサを上げて十年になります。でもたった一人の改宗者もいません」

シャルルの生涯は、現世の常識で言うと全くの失敗者だった。死の当日、彼は再びマリーに宛てて書いた。

「苦しんでいるのを感じます。愛していることを、何時《いつ》も感じるわけではありません。これはより大きな苦しみです」

この愛はマリーに対するものではない。神父として土地の人々に向けられるべき愛が、うまく行かないことにシャルルは苦しむのである。その人間としての素顔を、死の当日まで正視しつづけたのがシャルルの勇気であり、それが人間としての完成への道であった。

枝垂《しだ》れ梅の下で

余命の告知は、患者へのよい手助け

死は人間にとって、死刑を執行されることだ。そう思う人が多いのは当然である。

死刑は極悪犯罪を犯した犯人にだけに適用されるもので、私たちのように最低限、殺人も放火もしなかった人間が受けるべき刑罰ではない、と思う人もいるはずだ。

しかしそうではないのだ。死刑ではないが、突然死でない限り、死は必ずいつか事前に宣告される。最近ではがんの患者に対して、主治医が死の告知をするケースも多くなったという。患者サイドから見ても、そうされることを望む人が増えたということだろう。一つには、人は死ぬまでにすることがある。死期を宣告されただけで、がっくりして何もで

きなくなってしまう人もいるだろうが、多くの人は、やはり気丈に自分が果たすべき役割を少しでもやり抜いて終わろうとするからである。つまりそのために、死の日までの有効性ははるかに増し、日々は濃密なものになるのである。

もう一つの理由は、判断の明晰《めいせき》な病人に嘘をつき通すということが、看病しなければならない周囲の人にとって大きな重荷になるからだ。病人に真実を告げないために、家族は一致して虚偽的な発言をする。そもそも我々凡庸な人間には、嘘をつくという才能はあまり充分には与えられていない。天性の嘘つきという人もいるが、普通は一度嘘をつくと、次から次へと辻褄《つじつま》を合わせて行かねばならなくなり、それでへとへとになる。そしてやがては、嘘がばれて、信頼関係まで失われる、ということになる。

重病人を抱えれば、家族は心理的に苦しみ続けている。別離の予感、治療費の捻出、見舞いに行く時間のやりくり、それに伴う身心の疲労、どれをとっても大変な重圧だ。そこへ、明るい顔で嘘までつかねばならないという義務が生じたら、重荷はますますひどくなる。

すべて人生の重荷は、死んで行く病人も担わねばならないものなのだ。だから世の中は告知の方向に向かったのだろう。私はいい時代になったものだ、と思っている。なぜなら医師が告げる死は、自然現象に属する事柄なのであって、人生の計画に対してまことに自然に手を貸しているに過ぎないからだ。

そのような形での「死刑」が宣告された瞬間のことに言及している人の手記や談話を、私は幾つか読んだ。「頭の中が真っ白になった」という当事者の発言はよくあるが、実を言うと、私はこの表現があまり好きではない。私は子供の時から、家庭的にも、戦争によっても、かなりの修羅場を過ごして来たが、まだ頭が真っ白になるほどの思いはしたことがない。もちろん至近距離で爆発が起きたりすると、その瞬間、人間の生体反応は極度に緊張するから、頭の中は真っ白になったように感じられ、何も考えられなくなっているのだろう。しかし少なくとも体に不調を訴えて病院に行ったような人なら、医師から近づいた死期を告知される可能性は充分に考えられたはずである。

その時から、死に到達するための道程が始まる。どの道を通ることになるか、当事者にも事前にはわからないだろう。人生には定型はない。事実その時間が苦しくて、自殺する人までいる。何もそんなに急がなくても、間もなく自然に死ねると保証されているのに、と私は思う。それにどんなに重病でも、もしかすると、その間に初恋の人に会えないでもないだろう。宝くじに当たって、家族の将来が安泰になったという確認ができるかもしれない。長く別れていた生みの母に会える日が来るかもしれない。

そんな劇的なことではなくとも、私が或る日、イル・ディーヴォという四人の男たちが歌った『アメイジング・グレース』（驚くべき神の恵み）を初めて聴いた時のような驚きも待っているかもしれないのだ。

かつて私の働く小さなNGOのグループは、南アフリカのヨハネスブルクにあるエイズ・ホスピスの要請で、八体の遺体を冷蔵できる霊安室を寄付したことがある。建設費用の二百二十万円は私たちが出した。その開所式に私は出席したのだ。穏やかなる或《あ》る午後のことだった。そこで働く二、三十人の職員が、霊安室の前に集まった。ほんの二、三十メートルしか離れていない午後の芝生の椅子には、数人の患者たちが座っていた。彼らは皆自分の運命を知っていた。死が近日中に訪れることを覚悟している人ばかりだった。彼らの中には、ホスピスに丸二十四時間もいずに息を引き取る人もいた。死と生は、午後の光の中で、紙一重の不気味な親しさで隣り合っていた。彼らが死の側におり、私が何の理由もなく、生の側にいるということの無残さに、私は耐えられなかった。

そこで私たちはこの『アメイジング・グレース』を歌ったのだ。死んで行く人たちも私たちもすべてが、最期の一瞬に、見捨てられていないことを実感しているからだった。その時以来の感動で、イル・ディーヴォの歌は私を打ちのめしたのだ。

この歌詞を意訳すると次のようになる。

「驚くべき神の恵みは、
私のような哀れな者も棄《す》てなかった。

かつて私はさまよっていたのだが、
実は私は見守られていたのだった。

私は運命に対して盲目だった。

しかし今、私にはすべてが見えている。

神の恵みは、何と優しかったことか」

少なくとも死ぬ前に、知っておきたかったこと、会えてよかったことに多く出会えるのはいいことではないか。だから私たちは、自分で死期を早めたりしてはならないのだ。

積極的に死を迎える計画はできる

もし死を、一方的に、高圧的に押しつけられた死刑のようなものだ、と取るなら、それに対する対処の仕方は、あまり意味のないものになってしまう。

なぜならそれは押しつけられた暴力で、当事者にとっては天災のような、逃れようのない圧倒的な矛盾だからだ。ごまかして大酒を飲むか、家族に泣き言を言い続けるか、とにかくどのような抵抗をしようとも、必ず相手が勝つのが死というものなのだ。

もっとも、何度も言っていることだが、もし私たちから、死という終局が取り上げられたら、どんなみじめなことになるだろう。人間にとって最高の刑罰は、永遠に死ねなくなることである。ただしこの最高刑だけは、この世でまだ設定されたことがない。永遠に生きたい、という願いは、その現実を地道に考えてみたことのない人間の、浅はかな希望だと言う他はない。

すべてものごとは、それを受け身で嫌々受け取るか、積極的に受け取るかで、大きく意味も変わって来る。もし死を、理性ある人の自ら納得した結末だというふうに受け取れれば、そこには明るい陽射しが見えて来るのだ。

それを納得させてくれる光景を、自然はどこにでも用意している。それは家に一番近い川べりや公園でいい。さもなければ、町中《まちなか》の銀杏《いちょう》並木でいい。秋になると、木々の多くは紅葉し始める。黄や赤に染まった葉は一瞬の艶《あで》やかさを見せ、やがてそれは乾いた大地の色に近づく。瑞々《みずみず》しい命が遠のく様相である。

葉が落ちかける頃、毎年のように私は言う。

「しばらくの間、落ち葉掃きが大変だわ」

銀杏や欅《けやき》並木に家が面している人も呟く。

「落ち葉は滑りますからね。年寄りが滑って転ぶと大変だから、落ち葉の掃除はやらなきゃならないんですよ」

それからほんの二、三カ月で、私たちは再び棒のようになった枝を見上げて言う。

「もう蕾《つぼみ》が膨らんでるわ。春の気配よねえ」

我が家の枝垂れ梅は、毎年必ず三月五日頃、最も妖艶な華やかさを見せる。そして私は言う。

「大したもんだわ。カレンダーもないのに、どうして毎年きちんと三月五日頃になると盛りになるのかしらね。私なんか始終、今日は何月何日だか、一瞬わからなくなるのに」

二〇〇一年の三月五日、この梅が満開の日に、私たち夫婦は、ペルーの大統領だったフジモリ氏が、亡命の後の百日間を私たちの家で過ごしてから、新たな生活を始められるのを見送った。私たちが氏を迎えたのは、氏が故国に帰らないまま、旅先の日本で政治的亡命を果たしたその劇的な日である。私は当時、日本財団で働いていて、その仕事の上で氏と知り合いになった。当時フジモリ氏に自宅を仮寓《かぐう》として提供するのは、いろいろな意味で誤解や中傷や脅迫を招く恐れがあって、政府や財界の人々にはできにくかったのである。しかし私たちは失うべき名誉も地位もない小説家だから、国家元首としての立場を失って一民間人に戻った人を泊めるのは、何でもないことであった。私たち夫婦はただ、ペルーの日本大使公邸で起きた人質事件の時、最終的には二十四人の日本人全員が無事で救出されたご恩を、いつか誰かが返すべきだと思っていたのである。

新しい家と仕事場を見つけて、私の家を出て行く日を三月五日と決めたのは、フジモリ氏自身だった。その日私たちはこの枝垂れ梅の下で記念写真を撮った。百日間警備を担当した警察署の署長も制服姿で見送りに現れた。そして東京一ブスという評判の我が家のネコまで、私たちが並んで立っていると勝手にやって来て足許《あしもと》に並んだ。この猫は私と大違いで、写真に写るのがこの上なく好きだという性格だった。

今フジモリ氏は、ペルーのリマの刑務所で、特別待遇を受けながら拘留されているという。私たちはもしかすると、もう会う機会もない。しかしそれは少しも悲しむことではない。人は必ず会い、会えば必ず別れる。

森や並木道の木の葉が一斉に落ちるのは、死の操作ではない。それは生の変化に備えるためである。それが納得できれば、自分の死も、他者の生のために場を譲ることだと自覚できる。そしてその死を積極的に迎えようとする計画もできるはずなのである。

運命を承認しないと、死は辛《つら》い

人間、誰でも最後は負け戦

私のように、八十代も間近にもなると、死はすぐ身近な現実として、あちこちに見られる。つまり、あの人も死んだ、この人も間もなく死ぬだろう。そして自分自身も後十年は生きないだろう、という実感が迫って来る。

かつては、私の死ぬ時、私は誰もいない未知の土地に歩み入る自分を想像した。私は風だけが吹いている、無人の岸辺に立っているようなものだった。しかしこの年になると、死後の世界はもう孤独ではない。あの人もこの人も、既に向こうの世界に着いている。やあやあ、お久しぶり。あなたは今日お着きでしたか、という感じだ。だから来世は無人の岸辺ではなく、私にとって実に賑《にぎ》やかな風景に変わっている。

それほどはっきり思うわけではないが、私は少しその心境に近づいている。私は自分を、凡庸な人間の運命の流れの中に置くのが好きだった。だから私はいつも考える。人にできたことなら、多分自分にもできる。人が死ねたなら、多分自分も死ねる。生きている人はすべて死んだのだ。この地球が発生して以来、四十六億年の間に、生まれた人の数だけ、死も存在したのだ。

いつも、言われていることは、人は死を恐れるのではなく、死に至るまでの苦悩を恐れる、ということだ。苦痛はたしかに怖い。私は七十四歳の時、足の踝《くるぶし》を何カ所も折るという怪我をした。手術はすぐにはしてもらえず、怪我の部分の腫れが引いてから、と言われたが、それまで踝にキルシュナー鋼線と呼ばれる長い金属の棒をヤキトリの串のように刺して、それを錘《おもり》で牽引《けんいん》する。そうすることで外れた踝の骨を正常な位置に保ったのである。

串刺しをする時は麻酔薬を入れてもらえたので、痛みはそれほどではなかった。しかし途中で何かのはずみで牽引のシステムが外れた時の痛さは、耐え難かった。ドクターが見つかるまで、私は四十五分間耐えた。

つまり痛みは問答無用の攻撃なのだ。痛みだけではない。呼吸困難も、痰《たん》が切れない苦痛も、吐き気も、臨終についてまわりそうな苦痛はすべて問答無用。一方的に相手のペースで襲って来る攻撃なのである。

私が見ていて痛ましく見えるのは、ことに挫折を知らない人の臨終である。もちろん些細《ささい》な挫折がない人というのも現世にはいないのだが、私は自分がかなりおおっぴらな運命論者なのに対して、そのような負け犬の論理は許さない、という人に時々出会っている。私はすぐ「仕方がない」と自分の失敗を許し、「人生はまあこんなものだろう。私のいる状況は、もちろん最高のものではないにしても、最悪でもないのだから、大した幸運だ」と甘く考えるのである。そして、後は諦める。諦めるという行為を、私は人生で有効なものとして深く買っているのである。

ところが人生の優等生、自分が負けることを許さなかった人は、私のような負け犬的態度を決して自分に許して来なかった。まさに「為《な》せば成る」というあの精神である。それまでの人生をずっと努力し続けて、大方その努力が報いられるという幸運もあった人である。

ところが、人には最後に必ず負け戦、不当な結果を自分に与える戦いが待っている。それが死というものだ。負け戦は一回でいいという考え方もあるが、たった一回の戦いでもうまく処理するには、いささかの心の準備は要る、と私は思うのである。

そういう人生の勝ち組の多くは、それまで健康である。食欲も体力もある。性格も魅力的だし、学校の成績もよかった。だから学ぶことについて失敗しないし、努力したことは、ほとんどそれなりの成果を上げて来たという人たちである。また穏やかな良識ある両親の元に、平穏に育った人も多い。そして絶世の美男美女でなくても、けっこうこの世でもてても来たのである。

そういう人はまた、世間を制覇する気力もある。世間で至難と言われる大学に受かることを目的とし、うまく行ったのだから、資格試験などを受ければ、「より高く、より遠く」のような目標を作って、一段一段と小気味いいばかりに段階を上げて行く。人より上席に座ることに、別に気恥ずかしさなどを感じない。親分になっても、充分に親分肌の魅力を見せ、子分たちに配慮も示す。だから実力もないのに偉そうにして……などと悪口を言う人は誰もいない。

健康管理も充分だ。酒もタバコも飲まず、健康食品も摂《と》り、運動もまあまあ心がけ、月に一度は健康診断に行ったりする。死に神がつけ入るような隙などどこにもないように見える。しかしそういう人でも、死は必ずやって来るのだ。

最後の戦いは、死の一方的な勝利と決まっている。どんなに医療行為を受けても、従順に医師の命令に従った療養生活を続けても、生命を継続する好機は巡って来ない。こういう状態は、その人にとって、正義、道徳、秩序などすべてのものに対する裏切りと反逆に映るのである。

希望を棄《す》てなければ成功するという、悪《あ》しき戦後教育

ことに戦後教育は実にひ弱な教育をして来た。その第一が平等や公平を信じさせたことだ。努力すれば必ず報われる。希望さえ棄てなければ、必ず成功するというような、ほんとうの大人なら信じないようなことを、子供たちに教えて来て平気だった。もちろん私た

ちは、理念として常に平等を願い、その方向に向かって努力するのは当然だ。しかし人間の資質は生まれながらにして平等ではないのだ。

私は数学が苦手だ。歌を歌うのも、申しわけないほど下手だから、決して歌わない。国歌斉唱の時は、ごく小さな声で、どちらかと言うと口パク風の歌い方で参加する。当然カラオケなど一度も行ったことがない。実は聴くのも好きではない。たいていの人がパバロッティより下手だからだ（当たり前だ！）。でもそれなりに歌がうまくて好きな人は世界中にたくさんいる。

私は足の手術を受けて五カ月目に、一人でカバンを引きずってイタリアの温泉に療養に行った。友人が温泉療法を教えてくれたからなのだが、私は湯治をしながら、イタリアの生活を見るという楽しみを味わった。イタリアにはパバロッティだけでなく、歌のうまい人がたくさんいる。私が逗留《とうりゅう》したローマ時代からの古い温泉場では、泥浴の面倒を見てくれる太った小母《おば》さんが、玄人はだしのカンツォーネを歌った。そして私の逗留の最後の日には、私の体から泥を洗い落としてくれながら「ラ・コメディア・テルミナータ！（さあ、これで終わりよ）」と言ってくれた。人生がコメディア（喜劇・芝居）というわけではないが、泥浴で足の痛みを何とかして取り除きたいと願っている私の期待も行為もすべては喜劇なのかもしれないのである。

誰にとっても、世界中自分にはない才能を持つ人だらけだ。

同様に健康や寿命についても、私たちは平等ではない。平均寿命まで生きる人もいれば、幼児の時に死ぬ命もある。私たちキリスト教徒は、幼い子供が死ぬと、神はその子を、そのまま天国に上げると言う。無垢《むく》な子供は、意識的な罪を犯すことができないから、幸運な死だとするのである。もちろん無神論者は信じないだろうが、こういうことは、大きな慰めだ。

ギリシャ人たちは、人間がどのような時に、どのように死ぬのが一番幸福かを追求した。その答えがヘロドトスの『歴史』に出て来る「クレオビスとビトン」の物語である。

アルゴスにクレオビスとビトンという二人の兄弟がいた。二人とも体力にも、健やかな心にも恵まれていた。

彼らの母は、ヘラの神殿の巫女《みこ》であった。祭礼の時、母を乗せて行く牛が畑に出ていて、どうしても牛車を引けなくなったことがあった。するとこの二人の息子たちは、牛の代わりに軛《くびき》に着き、母を四十五スタディオン（約八キロ）も離れた神殿まで連れて行った。人々はこの孝行息子たちを褒めそやした。その夜は、二人のために盛大な祝いの宴《うたげ》が開かれた。誇らしい母は、幸福の絶頂の中で、二人の息子のためにどうぞこの世の最高の幸せを与えてやってください、と祈った。宴の終わりに兄弟は酔って眠りに就いたが、そのまま二度と目覚めることはなかった。それが母の願いに対する答えだったのである。

ヘロドトスは、その『歴史』の中でこの話について、「神さまは人間にとっては、生よりもむしろ死が願わしいものであることをはっきりとお示しになったのでございましょう」と書いている。

私たちは死の時に、実に運命は平等でないことを初めて実感する。私の姑《しゅうとめ》は、八十九歳の或る夏の日の昼頃入浴し、「ちょっと疲れたから、ひと眠りしますね」と言って、そのまま目覚めなかった。すぐ近くにいた舅《しゅうと》も少し耳が遠かったせいか、妻の死に気づかなかった。ピンピンで生きてコロリと死ぬことが最近の人々の願いだというが、ほぼそれに近い生涯であった。

しかし一生病の床から起き上がれないままに生を送る人もいる。他人の私たちが悼んでもどうしようもないことだが、その不条理を深く悲しむことは決して無駄だとは思わない。なぜなら、私にとって、自分の現実であろうと他人の運命であろうと、不条理にうちのめされることは、無駄どころではなく、まさに私を人間として複雑にしてくれる過程のような実感があるからである。そして地球上のすべての人間が、動物としてではなく、人間として深まることこそ、恐らくこの世が上質なものになることだろう、と迂遠《うえん》なことを考える。そして不条理の原因にもその運命を受けとめてくれた人にも、深く感謝するのである。

キクウィートの悲劇

アフリカの生きる力

二〇〇九年三月の後半、私はアフリカのコンゴ民主共和国を三度目に訪れた。日本人がこの国を知らなくても別に不思議はない。商社の関係者でさえ、常駐する人は一人もいないという国である。コンゴ民主共和国はアフリカ大陸の中央部で赤道にまたがっている。日本から行くには、南アフリカ共和国のヨハネスブルクまでシンガポール経由で約十八時間、そこからさらに四時間北上する。乗り換えの待ち時間もあるから行くだけで約一日半はかかる。

独立してから五十年近くなるというのに、そして百科事典で見る限り、銅、コバルト、工業用ダイヤモンド、亜鉛、スズ、銀、カドミウム、マンガン、金、木材、綿花、ゴム、コーヒーなどの他、最近では石油もあることがわかったというのに、つまり日本人から見ると目を見張るばかりの豊富な地下資源や産物を持ち合わせているにもかかわらず、コンゴは一見貧しい国である。

この国は、既にこうした資源を使う権利と実益を、誰かに売り渡している、と言ってもいいのだろう。お金は為政者の利権と外国資本に握られていて、貧しい国民の頭上を通りすぎるだけなのだ。今はコンゴの資源を狙った中国人の進出がすさまじい。

国民の一人当たりの収入の額は年間百六十ドル。「公務員の給料はもう去年の十一月から支払われていないんですよ」という情報も耳に入る。

かつて私が働いていた日本財団が編成したアフリカの貧困の実態を見る調査団に、私は自費で参加したのだが、この調査団には今でも正式な名前が決まっていないはずだ。ただその目的は明確である。つまりアフリカの奥地まで入り、徹底してその貧困の実情に触れることなのである。参加者は中央官庁の若手や日本財団の職員が中心だが、彼らは土木や教育や開発途上国援助の専門家である。医師たちは熱帯病の現場を知るために毎回参加する。ジャーナリストが加わる時も多かったし、私のように全く別の目的を持つ者もいる。首都より数百キロも奥地に入るとなると治安も悪いから、場所によっては武装した現地の保安警察や軍の護衛も雇うのも常識だ。マラリアの恐れは常にあり、道も日本にはない悪路だから、個人旅行はむずかしいので、こうした合同の調査の方が便利になるのである。

言葉も、フランス語だけではない。今回の旅ではコンゴ語、チルバ語、リンガラ語、スワヒリ語しか話さない人も多いのだから、日本で考える外国語通訳を同行しても、役に立たない。

私自身がコンゴ民主共和国に行かねばならなかった理由は、一つには私が働く海外邦人宣教者活動援助後援会（JOMAS）というNGOが、コンゴ民主共和国とコンゴ共和国（この二国はコンゴ川を隔てて隣接した別の国だ。コンゴ民主共和国はベルギー領、コンゴ共和国はフランス領であった）に教育や医療や福祉の目的で今までに約一億四千十万円を拠出して来た。そのお金が果たしてきちんと使われているかどうかを現地に行って確認するのも私たちのNGOの規定になっているので、私はコンゴを何回も訪れたのである。

それと同時に今回はひなびた地方の町、キクウィートにも行くことにしたのは、そこで一九九五年に爆発的に広がったエボラ出血熱というヴィールス性感染症の実態を知りたいからであった。この病気は七十七パーセントという高い死亡率を示した後、はっきりした理由もなく終焉《しゅうえん》したところが薄気味悪い。

ここ数年、私の頭からはこの病気のことがどうしても離れなくなった。それは、私に一つの文学的か哲学的なテーマをつきつけているようにも感じられたのだ。

突発的な地震とか津波のような異変なら、人間はそれを避けることができない。しかし短期間であるにせよ、奇病として次々に人が死んで行くという状況が発生すれば、或る程度その現場から逃げ出すことも可能だ。当時も感染を恐れて、病人や病院、またはその家族との接触を避けた人たちはいた。私はその現場も見たかったし、その病気から生還した人や看護しても罹《かか》らなかった人にも会いたかった。こうした得難い機会を得られたのは、すべて、コンゴ民主共和国で働いている二人の日本人のシスター・中村寛子《ひろこ》と高木裕子《ひろこ》が、イタリアの修道会に連絡をとって準備してくれたおかげであった。この手筈《てはず》が整ったので、今回のメンバーには普段より多い三人の医師が参加した。

私は人生に起きるすべての事件について、いつも「私だったらどうしただろう」という問いかけと共に生きて来た。仮に私が、たまたま外国人の修道女としてかなり原始的な設備しかない医療施設で働いているとしたら、この劇的と言いたいような感染症の発見時にも、私は防護服どころか、感染を防ぐための手袋やマスクさえないままに、出血傾向のきわめて強い血まみれの患者に接しなければならないことになる。その危険を受け入れたかどうかということは、私にとって大きな踏み絵になるだろう。

アメリカにはこうした感染率の高い危険な感染症に対して、アトランタにＣＤＣ（疾病《しっぺい》対策予防センター）という世界的な研究機関があり、そこでは、空気が外部に洩《も》れないようにした陰圧装置つきの研究棟、俗に宇宙服と呼ばれる特殊フィルターつきのマスク、手袋、ゴーグル、靴カバーなどの着用も義務づけられている、というが、一九九五年に首都から約五百キロも離れた田舎町でエボラ出血熱が爆発的に蔓延《まんえん》した時、看護する人々は、患者の吐瀉《としゃ》物、血便、静脈注射の穴からさえ噴出する血液などを防御するための手袋さえなかった。

それがアフリカなのである。私が『時の止まった赤ん坊』という小説の取材のために、マダガスカルに行ったのは一九八三年だが、その時も、カトリックの産院で働く助産師のシスターの手袋には穴が開いていた。汚物を入れた器具の洗浄を手伝わせてもらっていた私の分の手袋は当然なかった。私はシスターの注意を受けてできるだけ血液には触れないようにしていたが、もちろん完全ではなかったろう。それでも私は、肝炎にもエイズにも感染しなかった。そのような無知な健康さに支えられて来たのが、アフリカの生きる力だったとも思う。もちろん勧められることではないけれど。

人間にしかなし得ない死に方

今回、私たちがキクウィートで泊めてもらったのは「貧しい人たちのためのベルガモの姉妹修道会」という北イタリアで創設された修道会であった。実にこの会から、修道女の看護師たち十人がエボラで倒れたのである。

私は途上国ではいつでも修道院に泊めてもらうようにしていた。田舎町にはどこでもいいホテルはない。アフリカの田舎の安宿では、部屋の中は家ダニとゴキブリだらけ、トイレの汚物は流れない、当然お湯など出ない、もしかすると水も出ない、ということになるだろうから、それくらいなら修道院に泊めてもらった方が、質素ながら清潔で病気にも罹らないで済む、と利己的に考えるのである。しかも宿泊料は三食食べさせてもらって一泊十五ドルとか二十ドルとかいう安さだから、日本財団が支払う貧困調査団の経費としても釣り合いが取れるというものである。

一九九五年のエボラ出血熱の流行の時に犠牲になった修道女のうちの三人はヤンブクという土地で、一人はヤロセンバで、残りの六人はキクウィートで死亡した。キクウィートで死亡した修道女たちのうち、最初の犠牲者はシスター・フロラルバで一九九五年四月二十五日に亡くなった。それからわずか一カ月余りの間に、クララ・アンジェラが五月六日、ダニエランジェラが五月十一日、ディナローサが五月十四日、アネルヴィラが五月二十三日、ヴィタローサが五月二十八日、と六人がたて続けに死んで行ったのである。

この修道会は、その名前が示すように、もっぱら恵まれない人のために働く修道会であった。発生はイタリアでも、現在の修道女の多くはコンゴ人であったり、他のアフリカの国の人であったりする。そして全部ではないにしても、その多くが看護師だったようだ。

修道女でなくとも、もし私が医師か看護師で、そしてキクウィートの「奇病」がただならぬ危険なものらしいと知った後で、そこへ派遣されることを要請された場合、私ならどうするか、ということが、私がこの病気が頭から離れない理由なのである。

おそらく彼女たちは迷うことはなかったと思われる。「友のために自分の命を捨てること、これ以上に大きな愛はない」(ヨハネによる福音書15・13)と聖書が書いているからだ。他人のために命を捨てるなどという行為を認めるのは、先の大東亜戦争で軍部に利用されて戦場に追いやられた特攻隊の若者と同じ結果を招くだけだ、としか考えない日本人にはおよそ理解しがたいことだろう。しかしカトリックの世界では、自分の命を賭けて他人に尽くすことを、犬死にとか愚かな死とか考えたことはただの一度もないのである。

カトリックの修道会は、しばしば命令として赴任地を示すことがある。アフリカのコンゴへ行きなさい、と修道院長に言われればその通りに行くのである。こうした修道会独特の基本的習慣はずっと変わらない。もっとも最近では、かなり個人的な希望や事情も考慮されるようにはなったらしいが、怖いところへは行かない、生活に不便な土地はいやだ、という人には、修道会を去るという方法が残されている。修道会は決して途中で修道生活を放棄することを止めることはない。

修道生活は、自分の意志で選んだ選択の結果なのだ。エボラの患者の世話を見続けることも、輝くような自由の採択の道なのである。危険を承知で任務を放棄せず、そのために結果的に死ぬ機会など、そうそうあるものではない、とさえ言える。それは動物ではない人間だけが示すことのできる一つの勇気で、それはその人に、きわめて人間らしい、人間にしかなし得ない死に方を与えることで、その人の生を完成させたのだと、私には思える。その姿を私はコンゴの自然の中に突き詰めに行ったのである。

最後の対談

がんを抱えた上坂冬子さんの境地

二〇〇九年四月十四日に、日本の戦後史に光を当て続けた上坂冬子さんが亡くなった。二〇〇五年に卵巣がんが発見され、無事に手術を終えた後、何回も体に応える抗がん剤の治療を受けていた。その間、私は電話でよくその経過を聞いていたのだが、彼女の話し方はさらりとしていて、少しも病気にめげているふうはなかった。

同じ頃、私は私で左足の足首を折り、まだ後期高齢者の範疇《はんちゅう》に入れられる直前ではあったが、健康保険をたくさん使ったことを申しわけなく感じていた。私の足首の構造は生まれつき欠陥があるらしく、それより十年前にも右足のほとんど同じところを骨折した。

左右同じところを折るという律儀な人物なのである。後で語り合ってわかったのは、二人とも入院期間をさらりと受け流して、上坂さんも私も入院の間中ほとんど仕事を休んでいないということだった。上坂さんにいたっては、靖国神社に関する本を一冊、頭の中にある資料だけで書き上げたのだという。私は記憶が悪いから、とうていそんなことはできない。私の入院生活は旧式のワープロを病室に持ち込み、けっこう書きもしたし、普段は決して開く気にならない英語の本を読んだりしていた。つまり七十代後半にさしかかろうとしていた二人なのだが、共にしぶとく入院中も日常性を全く中断していなかったのである。

上坂さんはがんの再発に関してどれだけ深刻に受け止めていたか、私にはわからない。家族でない友人という立場で、そうしたことを軽々にコメントしてはいけないものだ、と私は思っている。ただ彼女の亡くなる七カ月ほど前に、私たちは或る出版社の企画で、二日間にわたって対談をした。題も彼女が『老《お》い楽《らく》対談』と決め、内容も編集者の出番がないほど幾つかの柱を立ててくれた。私は怠けて何もしなかった。その中で彼女が言っていることは、いわば彼女の承認済みの内容なので、私は気楽に引用することができる。

私たちは三十年来の友人だが、こんなに長く、人生の問題を絞って語り合ったことはなかった。普段からべたべた会ったり、長電話をしたりするということもなく、会えばお互いに悪口を言い合う仲ではあった。「悪口は当人の前で、褒めるのはその人のいないところで」やると、少なくとも私ははっきり決めていたからである。

対談の場所は、自由が丘の彼女の家で、駅のすぐ近くの小さなビルになった建物のエレベーターで上った最上階の住まいだった。

その時、上坂さんは病気の再発を知っていた。しかしそれまで通りの仕事のテンポを全く変えようとはしていなかった。旧日本軍の戦死者の遺骨収集が捗《はかど》っていないことに心をいためていた彼女は、近くガダルカナルに遺骨収集の人たちがでかけると聞いて、早速同行を申し込んだというので、私はいつもの通りけちをつけた。

「歩くのが嫌いな人が、遺骨収集なんて行けますか!」

「どうして」

「だって今まで発見されていない遺骨というのは、つまり人跡未踏の場所にあるのよ。そんなとこまであなたが歩けるわけはないでしょう」

私の家の玄関の前に七段ほどの階段がある。彼女は私の家で質素なご飯を食べるのは好きだったが、この階段を嫌がっていた。

「何よ。たった七段じゃないの」

私は同情がなかった。

私がけちをつけても、彼女はガダルカナルへ行き、帰るとまもなく、弟と妹を連れて今度はパリへ赴いた。

外国旅行に関しても、彼女と私は趣味が違った。私は行くとしたらヨーロッパかアフリカ。しかし彼女はアメリカが好きだった。ニューヨークではウォルドルフ・アストリア・ホテルに泊まる。弟妹を連れてフランスに行く時、私は彼女に言った。

「二人をファースト・クラスで連れてってあげなさいよ。姉ちゃんの評判は、それでうんと上がるんだから」

「そんなことするもんですか！」

甘い顔はできない、というのいつもの調子で彼女は言ったが、羨ましいような姉と弟妹の関係であった。この最後の旅行の時、上坂さんは既に体調が万全とは言えなかったようだが、それでも人生の計画を変えない性格の彼女は、帰国した時、救急車で成田から入院したと聞いている。同行した二人も辛かったにちがいないが、その旅は上坂さんの希望だったのだから、それを叶《かな》えてあげることがむしろ弟妹の義務だった。とにかく二人を喜ばせたいために企画した旅だったのだから。

その時の対談は、(私も一枚噛《か》んではいるのだが)やはり読みごたえがあるように思う。二人共、充分に死を意識する年になりながら、というか、その年になったからこそ、或る解放された意識にいることがよくわかるのである。今さら、背伸びして人によく思ってもらおうという姿勢が全くなっている。「死んでしまえば終わり」というのでもない。死だけが人間性の追求にこれだけの威力を発揮するのかと思うと、不思議な気もする。

つまり人生で死だけが嘘を許さない。健康な間、私たちには刻々自他を騙《だま》かそうとする意識がある。外見や話す言葉にも、人によく見てもらいたい、という心理的な操作が入る。最近では、入社試験の時、自分の才能を述べる機会を会社側が与えるが、それもその一つである。ほんとうは多くの場合、人間は自分が言うほど有能なものではないのだが……。

人づきあいでも、経済的な行為においても、法廷でも、税務署でも、私たちは多分、自動的に、場面を自分に都合よく展開するために心を砕いている。しかし死の前には、そうした一切のごまかしや配慮が全く不必要になり、無縁になるのを体で感じるのだ。実態は実態だ。それ以上でもそれ以下でもない。しかも現世には、あらゆることがあり得る。何が起きても少しも不思議ではない。

最後の『老い楽対談』で、私が改めて上坂さんと話していて楽だったのは、その点だった。二人とも、ほんとうのことを喋《しゃべ》っている。自分をさらけ出しているが、その弱みは世の中でありふれたことであり、誰かがどこかで悩んでいるようなことだから、別に構える必要もない。しかし世間は、私たちを率直だ、飾り気ないというのである。

ものごとは軽く、自分の死も軽く見る

ただその中で一つだけ、上坂さんと私がやや食い違ったのは、上坂さんが自分には最後にやらなければならない大きな仕事がある。それは死ぬという仕事だ、という名言を吐いたのに対して、私が、「死ぬことを大仕事と捉えてはいけないと思う。死ぬというのは、自分で自由にならない行為だから」と言っている。それに対して上坂さんは、「でも、自

分にとっては大仕事じゃない」と答えていることだ。

主観的には上坂さんの言う通りである。誰でも、臨終で最も気になるのは、その最後の時間をうまく乗り切れるかどうかということだ。苦痛は自分にとっての一大事である。それはわかっているのだが、私は昔から、自分の身に起こるすべてのことは、もちろん死をも含めて、すべて「人並み」な苦労の範囲であって、決して一大事だと思ってはいけない、と自分に言い聞かせていた。

若い時に初めてマルクス・アウレリウスを読んだ時以来なのである。アウレリウスは紀元二世紀のローマの哲人皇帝と言われた人だが、私が子供の時から感じていたことを、すべて書いていてくれていたのである。

「永からぬこの時を自然の性《さが》に従って生きとおし、オリーブの実が、熟すれば、自分を実らせてくれた大地を讃《たた》え、自分を生んでくれた幹に感謝しつつ、大地に落ちるごとく、心穏やかにその時を終えることである」

「存在しているもの、いま生起しつつあるもの、おしなべて、それらの通り過ぎ消え去って行く速さに、しばしば想いを凝らすべきである。物体は、不断に流れてやまぬ河のごとく、活動は永続的な変化のうちにあり、(中略)ものみなは消滅し去ってゆくのである」
「おまえにはごくわずかな部分だけが分かち与えられている物質の全体を、また、おまえにはいわば瞬く間ほどの短い時間しか定められていない永遠の時を、さらには、この大いなる世界の運命を——この中でおまえはいったいどれほどの部分を占めているとでもいうのか。……本当に些少《さしょう》なものではないか。——この、大いなる世界の運命を、心に反芻《はんすう》し想いみることだ」

そしてこれに付随して、アリストテレスの『エウデモス倫理学』の中の一節も、しぶとく私の心を捉えて放さなかった。殊に次の一節は決定的だった。
「さらに、ものごとを軽く見ることができるという点が、高邁《こうまい》な人の特徴であるように思われる」

決して私自身が高邁な人物だと言っているのではない。私は一生に一度も「高邁」という分類に自分を入れたがったことだけはない。私は常に人並みであった。これだって図々しいことかもしれないが、私はそう思うことにしていた。さらに、私にはどこかに神の観念があったから、「そんなことをしたら助けてもらえない」と考えていた。なぜなら神は、義人のためではなく、罪人を救うためにこの世に来た、とおっしゃっているからであった。

私が好きなのは「偉大な凡庸」という観念だったのである。それこそ、神の視線の中にいられる資格だ。アリストテレスの言葉は、その「偉大な凡庸」に該当した。自分の死さえも軽く見ることのできる人間になることに、少なくとも私は憧れた。戦後は人間の生死を「軽く見る」ことなど、裏切りであり、非人道的な罪悪だった。しかし私は他人の死は重く考え、自分の死は軽く考えたい、と若い日から願っていたのである。

今から妻のある人はない人のように

「まだ当分生きる」は、無限に生きると思っていることと同じ

二〇〇六年の足の骨折以来、私は一時的に身障者になって、体の不自由とはいかなることかを実感した。負け惜しみではなく、これは私にとって、一つの貴重な贈り物であった。

別に今まで「御身ご大切」にして過ごして来たのではない。仕事上、数十回、途上国の奥地に入ったこともあるのだが、コレラに罹ったこともなく、マラリアを発症したこともなかった。コレラは、日本で患者が出れば大騒ぎだろうが、途上国では、いつでも慢性的に存在する病気である。マラリアはもう、その土地について廻っている風土病だと言える。

私はつまり、そういう途上国に行った時には、過食を慎み、できる限り怠けて、免疫の力

を失わないようにしていたのである。

私が不潔にも鈍感で、肉体的に病原菌にも強いということは、確かに恵まれたことではあったが、今まで内臓の病気をしたことがないという現実は、一種の偏った生活だったという言い方もできる。病気がいいというのではないが、人間の一生は、病気と健康が抱き合わせになっていて自然なのである。健康がいいのは当然だが、寝たこともない、というほど健康なのも、偏っていると言わねばならない。一面では、人間の苦しみと悲しみに対して鈍感になっていたはずだ。その弱点を怪我は一挙に取り返した。

人間だけが、遠い先の死を考えることができるが、動物にはそれがないと言う。しかし私が訪ねたことのあるたくさんのアフリカの土地では、村で祝いごとがある度に、必ず行事として家畜を屠《ほふ》って、村中のごちそうに供する習慣があった。その一部始終を見ていると、動物も死を予感するような気がする。犠牲の動物は引き出されるとまもなく眼つきが異常になり、放尿や脱糞《だっぷん》をし、普通の行動ではない緊張を示すのである。目先に迫った死は、動物も認識するのではないかと思う。

人間は、死に至る病を宣告されない限り、「まだ当分」生きるような気がしている。「まだ当分」ということは、ほとんど無限に生が続くことで、死は認識できていないということなのだ。

私も足を折らないうちは、歩けない人のことなど、ほとんど考えたこともなかった。母が老年になって歩行が困難になると、私は当時はまだ世間では珍しかった「自家用車」で外出をさせようと思い、まず運転免許を取った。それから貯金が足りなかったので、母にも少し借金してセコハンの車を買った。しかし私の意識はあくまで運転手の立場であり、車がなければ移動しにくい人の視点に立ったものではなかった。

しかしこの世で私たちが手にしている物質も状態も、すべて仮初《かりそめ》のものであることは間違いない。津波や地滑りに遭った人たちは、一時間前まで住んでいた家が突如として消え失《う》せ、それだけでなく、そこに家族として当然いるべき人たちまで失われたことを知るのである。つまりその人が信じていた歴史も生活も瓦解したと言うべきか、雲散霧消するのである。そんな過酷な運命もあるということだ。

もし私たちが、牛や羊と違って、遠い未来を予測する力を持つなら、私たちは今の状態、つまり生の状態だけを信じるべきではなく、遠い死をも予測して生きる他はない。矛盾するようだが、その双方を両手に持ちながら生きる人間を承認してこそ、人間なのだ。

在原業平《ありわらのなりひら》は「つひにゆく道とはかねてき、しかど　昨日今日とは思はざりしを」と古今《こきん》和歌集の中で詠んだ。その時の彼の姿は「病して弱くなりにける時よめる」という状況が記されている。

『平家物語』がこの世の無常を訴える「祇園精舎《ぎおんしょうじゃ》の鐘の声、諸行無常の響あり」という言葉で始まることは有名である。この一句がなかったら、『平家物語』もこれほどの愛読者を獲得しなかったのではないか、と思われる。

「沙羅《しゃら》双樹の花の色、盛者《じょうしゃ》必衰の理《ことわり》をあらはす。おごれる人も久しからず。唯《ただ》春の夜の夢のごとし。たけき者も遂にはほろびぬ、偏《ひとえ》に風の前の塵《ちり》に同じ」

ただの名文句ではない。このような文句が、日本人にしみじみ受け入れられる素地があったのだ。しかしアメリカ人やフランス人もそうなのだろうか。私にはよくわからない。

もっとも私はカトリックの修道院経営の学校に育ち、これとよく似た表現を始終耳にした。

「私たちは、永遠の前の一瞬を生きているだけです」

「この世は仮の旅路に過ぎません」

こういう言葉を子供の時から聞いて育ったのだ。自然、人間形成に大きな影響を受けても仕方がない。

生も死も、深くは信じない、という態度を私はとるようになった。仮に医師から、予後がよくない病気だと言われても、生きているうちは死んでいないのだ。言葉を換えて言えば、死ぬ日まで誰もが生きているのである。とすれば、今日は生に所属する日であって、生きながら死んでいる日ではないのである。

すべてを仮初《かりそめ》のものと思うこと

四十歳近くなってから、私は聖書の勉強を始め、やがて聖書の中で、書簡として扱われている聖パウロの手紙にぶつかった。

パウロはイエスの直接の弟子、十二使徒には数えられていない。イエスを迫害する側に廻っていた頃、ダマスカスの近辺で落雷のようにイエスの存在に打たれた人である。彼は光に貫かれ、自分を呼ぶ主の声を聞いた。もっともこういう神霊的な邂逅を、理性的な人は「出会った」とは言いたくないのかもしれないが、パウロはその直後から回心し、初代教会を作るのに大きな功績を残したのである。

私がパウロに惹《ひ》かれるのは、その類《たぐい》まれな表現力の故である。光に打たれ、主の声を聞いた時から、パウロは三日間盲目になり、現世の自信をすっかり失って失意のどん底にいたが、やがて主の使いと称するアナニアという男の来訪を受けて視力を回復し、洗礼を受けた、ということになっている。

パウロの生涯は過酷なものであった。迫害され、長い旅の途中何度も命の危険にさらされ、投獄され、やがてローマで殉教したとも言われている。パウロはキリスト教徒となると、既に現世の人ではないイエスの思想と行動に、徹底して殉じて生きたのである。

「わたしはこう言いたい。定められた時は迫っています。今からは、妻のある人はない人のように、泣く人は泣かない人のように、喜ぶ人は喜ばない人のように、物を買う人は持たない人のように、世の事にかかわっている人は、かかわりのない人のようにすべきです。この世の有様は過ぎ去るからです」（コリントの信徒への手紙一7・29〜31）

これほど短い文章の中に、凝縮して現世を捉えている文章はそれほど多くはない。

自分の置かれた状況、人間関係、行動、すべてを仮初のものと思えということなのだ。ことに大切なのは、ものごとに関わっていても、関わりないように生きるべきだ、という忠告である。家族団欒《だんらん》の幸福に酔ってもいいのだが、それも長く続くかどうかはわからない。今現在直面している不幸からもう立ち上がれないと思ってうちひしがれている人も、この幸福がずっと続くに違いないと信じている人も、それらはすべて迷妄である。

自分が関わっている状況を信じている人は実に多い。自分が参加している政治的基盤、自分が作り上げた事業、自分が作り上げた人脈など、どれも個人にとっては大切なものだ。しかしパウロはそれらのすべて自分が関わって来たものを信じてはいけない、と言う。

或る人が権勢の座にいる間には、尻尾《しっぽ》を振ってついて来る者は多い。しかし一旦失脚したら、もう洟《はな》もひっかけなくなる人がほとんどだ、という話はよく聞く。その失望から遠ざかるためにも、深く世の中に関わらないことだというのが、パウロの知恵である。

私は今まで、権勢のただ中にあるようになった人とは関係を中断して来た。それとなく、ご遠慮して遠ざかったのである。そういう人は極めて多忙になったのだから、私との付き合いのような個人的な交際に時間を割いてはいけない、と相手の公人としての時間を尊重したのである。

しかしほんとうに気が合う人との間では、友情がそのまま切れることはなかった、と思う。その人が権力の座から遠ざかるか降りるかした時、私はまた友情を再開する機会を作ることが多かった。今度はもう相手の立場をそうそう気にすることもない。お互いに一介の気楽な市井人なら、友情もまたのんきなものである。

パウロの表現は強く見事である。

「今からは、妻のある人はない人のように」振る舞えと言う。妻もいつかは死ぬ。或《ある》いは現代風に言うと、「妻だっていつ愛人を作るかしれないよ」「いつ、離婚を請求するかわからないよ」ということなのだろうか。心の中でいつも失うことを前提に考えていろ、と言う。これは確かに動物のできることではない。

ものを持つ人に対しても同じだ。たとえ、現金、不動産、宝石、美術品などを持っていても「持たない人のように」生きるべきなのだと言う。それなら、初めから持たなくても同じじゃないか、とも言えるが……。

アメリカなど、銃を持つ社会では、金持ちは外出時に高価な装身具など決して本物の宝石を身につけない。自分が持っているお宝の宝石と同じデザインの偽物を作らせて、それを身につけて外出するという話を聞いた時には、もしそれが本当なら最初から本物がないのと同じじゃないか、と私はおかしくてならなかった。

パウロはどうして初代教会の信者たちにそのように懐疑的に生きる姿勢を教えたのだろうか。なぜなら誰にとっても「定められた時は迫って」いるからだ。つまり誰でもが年齢に関係なく、死とは常に隣り合わせにいるからなのだ。

死を目前にした時、初めて私たちはあるべき人間の姿に還《かえ》る。それを思うと、死の観念は、人間の再起であり、覚醒なのである。

後悔を避ける方法

ドクターが聞き取った二十五の悔い

大津秀一さんとおっしゃるドクターが、『死ぬときに後悔すること25』という本を出された。この原稿を書いている二〇〇九年七月末でも既にベストセラーに入って来たというから、そのうちにもっと売れるだろう、と思われる。実は私は差し当たって読まねばならない資料用の本が数冊溜《た》まっているので、そちらを優先してまだ読んでいるとはいえないのだが、その二十五項目は既に知っていて、それだけで深く考えさせられている。

この方は緩和医療がご専門なので、既に一千人もの死を見届けて来られたという。その体験から、死に直面した人たちが、あれをしておけばよかった、これをしなかったことが悔やまれるという形で悔恨を残した項目の中から、多かった二十五項目を挙げ、まだ生きている人たちは、今のうちに後悔の種を残さないようにしなさいという警告のようである。

自分でも驚いたことなのだが、実は私はこのドクターが挙げられた二十五項目をすべて果たしている。決してお得意になっているわけではない。その理由は後に述べる。しかし私は多分その二十五項目が薄々わかっていたので、後悔しないように、逆らわずに、人生の針路の舵《かじ》を取って来たのだろう。

「たばこを止《や》めなかった」とか、「健康を大切にしなかった」とかいうことが、その中には含まれている。私はたばこを吸わないが、それは健康を考えてのことではなく、気管支に関する故障が多かったからである。つまりお腹《なか》は丈夫でも、呼吸器には自信がなかったので、とてもたばこは吸えなかったというだけのことだ。

しかし私は健康のためにはいたし方なく、ずいぶん時間もお金も使った。視力が衰え続けた四十代は、頭痛と肩こりと低血圧に悩まされた。私は指圧を受け、漢方の本を読み、鍼《はり》に通い、瀉血《しゃけつ》療法を試みた。その結果、私は漢方を自分の場合だけは素人の範囲で使いこなせるようになった。その当時毎晩のように読んでいた漢方の本は、綴《と》じ目が崩れてばらばらになるほどに読んだ。頭痛を治すために鍼の治療を受け続けているうちに自分でも打てるようになった。私は心のどこかで、盲目に近い視力しかなくなる日が来ることも恐れていた。そうなった時、指先に眼がついているのではないかと思うほどつぼを見つける才能を持っていることにも感謝した。これなら鍼灸《しんきゅう》師になれるだろうと思ったのである。当時はどこへ行くにも鍼を持って歩いて、頭痛を鍼で取っていたものだ。そうでなければ私は頭痛薬中毒になっていただろう。

私が健康を求めたのも、私の仕事が、肉体の不健康に一番弱かったからである。

或《あ》る日私は、突然自分にはもう才能がなくなったような気がした。机の前に座るのもだるく、座っても楽に書けない。そんな日でも、本は楽に読める。内容もしっかり頭に入る。階下に下りたついでに、台所の前を通り掛かり、お惣菜《そうざい》の一つや二つ作る気になることもある。そのうちに私は書けない理由を、「ああまた喉が悪くなっているんだ」と気がつく。つまり軽い風邪を引いているのである。この手の家事は少々の不調でもできる。講演など、熱が三十八度あっても、足を骨折して三時間の後でも、できる。これは体験からわかったことである。しかし小説を書くという仕事は、何よりも肉体のコンディションが最上でないとできない、ということを、私は発見したのである。だから私は健康を保つことにかなり熱心だったのだ。

その二十五の項目の中には、「故郷に帰らなかった」「自分のやりたいことをやらなかった」「夢をかなえられなかった」「美味《おい》しいものを食べておかなかった」「行きたい場所に旅行しなかった」などという項目もある。自己犠牲的な生涯を送った人は、多分このどれかを必ず体験しているのだろう。

私は自分が三歳くらいの時から育った土地に今も暮らしている。何度もそこから出て行くのが当然だ、と考えたことがあったのだが、周囲がすべて私がそこに留《とど》まることを望んだから居座ってしまった。私は故郷から出なかったのだ。

私のやりたかったことと夢は、たった一つ小説を書いて生きることだった。それがかなえられた理由には、幸運が八十パーセントを占める。残りの二十パーセントは、私の性格の中に、一つことを何年も続けてできるという鈍重さがあったからだろうと思う。つまり人間がやや鈍感で、一つことを何年でも続けてやれる性格さえあれば、どんな仕事でも普通程度の一人前にはなるのである。

私は仕事がら、美味しいと言われるものを食べる機会もあった。社長さんか政治家しか普通出入りできないような料亭にも行ったことがある。しかし私は評判で美味しいと思うことはなかった。美味を味わわせる最高の条件は空腹と健康、それに自分の好みを持つことである。私は今自分で畑を作って新鮮な野菜を採り、ほとんど毎日のように自分で料理もしているから、素朴ではあるが、美味しいものを自分も食べ家族にも食べさせられる。今日私は、かぼちゃを採ってすぐに煮た。新鮮なかぼちゃは大きく切っても五、六分で煮える。そしてまだ命の香りと味を残している。

最近始めた「会いたい人に会っておくこと」

行きたい場所に旅行することは確かに一種の贅沢《ぜいたく》だった。私の行きたい場所の一つには砂漠も含まれていたのである。私は五十二歳の時、長い年月砂漠に惹かれている友人五人とサハラを縦断した。サハラに行くことは、ニューヨークやパリに行って遊ぶよりお金がかかる。特殊な車輌を用意しなければ危険だからである。

一口にサハラ縦断と言うが、ラリーと違う走り方には、それなりの難しさがある。普通の乗用車ではなく、一台が故障した時の安全も考えて、少なくとも二台以上の四駆で車列《コンヴォイ》を組まねばならない。ラリーなら、途中の水も食料も、何より大切なガソリンも主催者が中継地で供給してくれるのだろうが、私たちは自力で踏破するのだから、途中千四百八十キロ、完全な無人の、水一滴ない砂漠の深奥の部分を、自力で脱けなければならない。四駆は日本で買って、特殊な装備を施した上で現地に送った。

原則として私は一人旅が好きなのだが、砂漠には一人で行けない。参加者はそれぞれの特技を持つ人々だった。カメラマン、考古学者、メカニックス、電気の専門家、自称調理人などである。知人たちは、「そんなことをしたら、砂漠で大喧嘩《げんか》をして帰ってきますよ」と予言したが、このグループは今でも年に何回かは忙しい時間を割いて会っている。

私はそれまで三十年近く、自分で原稿を書いて働いて来た。その間酒場通いもせず、着物道楽もせず、これが初めての無駄なお金を使うチャンスだった。私は好きなことのために生涯に一度大金を使ったのである。

私は初めて砂漠の運転を覚え、原則一日に六時間以上、一台の四駆を運転した。その間に砂漠で満月を迎えた。あまりの月の明るさに眩《まぶ》しくて眠れない夜であった。現実には、私は何日も顔も洗わず、歯も磨かず、服も着替えなかった。普通の人なら、やれと言われても避けたいことに私は大金を払ったのだ。しかし運命はおもしろいもので、この一見無駄遣いに見えた体験が、五十歳以後の私の創作の世界を考えられないほど広げてくれた。

だから「仕事ばかりで趣味に時間を割かなかった」ということも私にはなかった。机にばかり向かっていると、自分の心がどんどん瘦せて行って、書くこともなくなる、ということが、比較的若い頃から本能的にわかったからだった。もっともこれは、倫理性も常識もなくて済む作家という職業にして初めて許された生き方であろう。

私の感覚では、人生は無駄を含んでいてこそ深くおもしろくなるのであった。失敗も迷いも共に要る。病気になることもある。それでいいのだ、と私はいつも心で呟《つぶや》いていた。

他にも幾つもの項目がある。

私がしなくて済んだことの中には「悪事に手を染めたこと」と「感情に振り回された一生を過ごしたこと」があった。小さな感情の乱れはいくらでもやった。悪事ではないが、「これ以上はお手上げ」という感じで、すべきかもしれなかったことをさぼったこともある。私は家族や社会や国家に大まかな針路を守られていたからそれができた、とも言えるし、その程度の保護は、現在の日本は誰でも受けられるものだった、とも言える。

二十五項目の中に「自分が一番と信じて疑わなかったこと」というのがあることに、私は実のところびっくりした。じっと周囲を見れば、自分が一番でないことほど簡単にわかるものはない。

私は自然に結婚して子供を持ち、孫も生まれた。平凡こそすばらしい、と思い続けて来た。「記憶に残る恋愛をしなかったこと」も後悔の一つに該当するという。私は大人になってから、ずっと私の会った人々に「恋をし続けていた」と言ってもいい。私の場合、恋は敬意と感謝に裏付けされている。そしてそんなことを私は一々相手に言って波風を立てなかっただけだ。だから私の恋愛はことごとく「秘めたる恋」だったと言ってもいい。ずるい言い方だが、「秘めたる恋」には失恋がないのである。そして私は最近、「会いたい人に会っておかなかったこと」を後悔しないために、それとなく心に残る人たちに会いに行くことを始めた。その相手は男性だけでなく、女性も含まれる。そうすれば「愛する人に『ありがとう』と伝えなかったこと」を悔やまずに済むだろう。

「自分の葬儀を考えなかったこと」もない。「遺産をどうするかを決めなかったこと」もない。いずれも瑣末《さまつ》なことだからだ。私の最高の幸せは「神仏の教えをしらなかったこと」という項目に該当しなかったことだ。私は子供の頃から、神の存在を身近に感じていた。神はよく理解できなかったが、神の概念こそが、人間の分際を知らせてくれた。

夢の代金

マリリン・モンローと共に眠るお値段

私は英語の勉強のために英字新聞を取っているのだが、初めは新聞として英語で書かれたものを手にするだけでうんざりしていた。つまり学力不足でよくわからないのである。何もこんなわかりにくい記事を読まなくたって、今日一日は過ぎるのだから、という言いわけで私は始終読むのをさぼっていた。当時取っていた新聞がイギリスの『ガーディアン』というハイ・ブラウな新聞だったから、外国人の私にはわからなくても当然の、ずいぶん気取った文章だったのだろう。この新聞は一八二一年創刊の週刊新聞紙『マンチェスター・ガーディアン』がその前身で、十九世紀末から二十世紀初頭のボーア戦争、一九五六年のスエズ動乱の時などに、ことごとく軍事行動に反対して来た輝かしい歴史を持っているという。

とにかく人間は背のびをしてはいけない。身の丈に合った暮らしをするべきなのだ。『ガーディアン』をやめて、シンガポールでほとんど唯一の新聞『ザ・ストレーツ・タイムズ』を取るようになってから、私の毎朝の憂鬱《ゆううつ》は解消した。何よりも英語が平易だった。シンガポール英語のことを、悪口で「シングリッシュ」と言う人がいる。それは主にシンガポール人の英語の発音の悪さを言うのだが、英語の文章も『ガーディアン』よりはくずれているのだろう。だから私にも八十か九十パーセントわかる。便利でありがたいことだ。

前置きが長くなったが、外国の新聞は日本の新聞が書かないようなおもしろい、そして時には教訓的な記事を載せてくれることがある。八月二十六日に掲載された二つの記事で、一つはマリリン・モンローのお墓にまつわる話。もう一つはMJ《マイケル・ジャクソン》の死因の詳報と思われるものもそれである。私は小説家なので、人生の些事《さじ》から物を思う癖がある。

人は、死ぬまでと死んだ時とにかなりの金がかかることを漠然と恐れている。若い時は何歳まで生きるかわからないので、いったい幾らくらい貯金があれば足りるものか心配する。私くらいの年になると「もう先が見えて来たから安心だわ」と言うのだが、最近ではまた皮肉な人がいて、「安心なんかできないわよ。当節、百歳以上っていう人があちこちにいるんだから」と不安をかき立てる。

普通、人は死に近づいたり死んだりすれば金は稼げない。ＭＪのように、死のニュースが伝わるや、ＣＤが売れ出したなどという人は例外だ。しかしここに一人、一種のアメリカン・ドリームを叶《かな》えてもらったおもしろいおばあさんがいる。彼女の夫、リチャード・ポンチェールは一九八六年に八十一歳で亡くなっているというから、残された未亡人のエルジーも常識的にはかなりの高齢になっている筈《はず》だ。そしてこの未亡人は高額の住宅ローンをかかえ込んでいた。それを払えなくて困っていたと推測できる。

おもしろいことに彼女の夫は、一九六二年に三十六歳で亡くなったマリリン・モンローの墓の真上に眠っていた。この「クリプト」と言われる墓は、通常は教会の地下聖堂などにしつらえられた納骨用の櫃《ひつ》のことだが、写真で見ると立体的に積み上げられた空間に遺体を入れるような形式になっているものである。

リチャード・ポンチェールはどういう仕事をしていた人かは書いてないが、この墓をモンローの夫であった野球選手のジョー・ディマジオから買ったのである。ディマジオとモンローが離婚したのは一九五四年。モンローの死んだのが一九六二年。ディマジオは離婚した段階で、元妻と同じ所には埋まらない、と決めたのであろう。二人はずっと結婚を続けていれば夫が上、妻が下に眠るように配慮されていた。

リチャード・ポンチェールは、こうした偶然から、マリリン・モンローの遺体を見下ろすような位置に眠ることになった。このことが夢のような結果をもたらしたのである。モンローの墓は今でも訪れる人が後を絶たない、とどこかで読んだことがある。それだけでも淋しくない。その上、これは男性にしかわからない感情だろうが、永遠に君と添い寝をするよ、ということになれば、その意味にまたどれだけの附加価値がつくことになるのか。私など遺体は骨でしかないと思うが、美人は骨でも美しい、ということはありそうな気もする。

最近のアメリカの経済状態を考えれば、家のローンは未亡人にとって大きな重荷になっているのだろう。彼女は、オン・ラインのオークションでこの墓を売りに出した。このせりは四千七百万円からスタートし、二十一人がせり上げて、約四億三千万円で落札されたのである。マリリンと共に眠る夢の代金である。

ポンチェール夫妻について、私はこれ以上のことを知らないので何とも言えないが、そんな払えないほどのローンを組んだのは妻の趣味か。それとも亡き夫の責任か。しかしおもしろいことに、死者が金を稼ぐこともあるのだということがこれでわかった。私たちは、自分が生きているうちに金を残そうと焦る場合が多いが、この人のように、もう永遠の眠りに就いてから、どかんと妻に金を贈ってやる場合もあるのだ。私たちはあまり先のことを考えて、さかしらに計算などしない方がいい。

マイケル・ジャクソン最期の夜

二〇〇九年六月二十五日に、MJと呼ばれるマイケル・ジャクソンが死んだ。マリリン・モンローの場合も同じだが、こうした伝説的人物というのは、まともな性格ではその任に堪えないらしい。というか異常な偏執狂的性格が、凡庸な我々には神秘的に思えるのかもしれない。モンローの場合も、遺体のそばにだらりと垂れ下がっていた電話の受話器で会話をしていた相手は、ケネディ大統領だったとか、さまざま推測や噂《うわさ》が流れたのである。

MJの死に関しては、後から後から「真相」なるものが出て来る。彼が比較的近年傭《やと》い入れたのはコンラッド・マレイという医師で、千五百万円の月給でMJの所で働くまでには、いかがわしい前歴もあった、というような記事を、私はシンガポールの美容院備えつけの雑誌で読んだこともあるような気がするのだが、今は確かめようもない。

まちがいないことは、MJが不眠症に苦しんでいたということだろう。イギリスでの公演を間近に控えて精神が昂《たかぶ》り、とうてい眠るどころではなくなっていたということは、容易に考えられる。

まさに地獄のような夜の戦いである。八月二十六日付の『ザ・ストレーツ・タイムズ』によれば、次のようになる。

死の当日、午前一時半、鎮静剤ヴァリウム十ミリを服用。

午前二時、別の鎮静剤《アティヴァン》二ミリを静注点滴。

午前三時、更に別の鎮静剤《ヴェルセッド》二ミリを点滴。

午前五時、鎮静剤《アティヴァン》二ミリを点滴。

午前七時半、鎮静剤《ヴェルセッド》二ミリを点滴。

午前十時四十分、リドカインで稀釈した麻酔剤《ディプリヴァン》二十五ミリを点滴。

午前十時五十分、マレイ医師が数分間ＭＪの部屋を離れ、戻って来てみると、彼は既に息がなかった。ただちに鎮静をほどくための興奮剤が与えられたとされている。

しかしＭＪは、遂に蘇生《そせい》しなかった。素人がこうした記事を読むと、手術用の麻酔に匹敵する強さの麻薬が射たれたような気がするが、医療関係者によると、ＭＪくらいの体格の人間に二十五ミリの麻酔剤を使っても、通常ならただちに死に至ることはない、という。

とにかく午前二時から始まった「眠れない」「眠らせてくれ」「何とかしてくれ」という悲鳴も聞こえそうな戦いが、医者と患者の間でくり拡げられたことは事実だろう。この医者は六週間もの間、毎晩五十ミリの麻酔剤を静脈への点滴で与えていた。しかし中毒になることを恐れて、二十三日からは二十五ミリに減らし、代わりに鎮静剤を与えた。これが思いのほか効を奏したので、マレイ医師は次の日から麻酔剤をやめ、二種類の鎮静剤を使うようにした。二十五日にも彼は鎮静剤のみを与えたのだが、ＭＪは眠れなかった。午前十時四十分になって、やっと彼は麻酔剤を射つことに踏み切った。

MJの資産はよくわからないという。死後CDなどの売り上げは飛躍的に伸びているのだろうし、少なくとも死んでみたらすっからかんということではなく、やはり莫大な財産を残して死んだのだろうと(今のところは)思われる。

彼は晩年(結果的に見ての話だが)、金を残した。しかし彼の不眠症という病一つ、どんな金力をもっても治せなかったのである。

老後、というか死ぬ頃と死ぬ時に、金が要るという一種の信仰は定着している。私よりはるかに年上だった或る作家の母は、息子が功なり名遂げても、それを信じなかったし、それに頼りかかろうとはしなかった。その意味では見事に自立した方だった。亡くなった後、息子は母が蒲団《ふとん》などを入れていた押入れの内側に、小さな布袋がぶら下げてあるのを発見した。中を見ると、三千円がお札で入っており、「葬式代」と書いてあった。

この母が、何歳で何年頃、自分の葬式代を残さねばならないと考えたかは不明である。しかし或る日老母はその用意をした。改まって現金を渡せば、息子は笑って受け取らないであろう。しかし自分の生涯の始末の一部は、自分でしなければならない、という賢明な母の判断は変わらなかった。

「おもしろいね、三千円だよ。三千円で葬式が出せると思ったんだ」

と息子は笑った。しかし「昔」の三千円は大金であった。いつの時代の貨幣価値で考えると、三千円は現代のいくらに相当するか判断することはできないが、それでも私は、それが三百万円に近い力を持っていた時代を想像できる。息子は母が無一文で死んでも立派な葬式を出せたし、母のお金の価値の狂い方を世間に向かっては温かく笑って見せたが、その背後にはやはり賢母の俤《おもかげ》があった。

子供たちの世話にならないように、と考えることは基本として大切だが、運命も金も、人間に正しく予測することはとうてい不可能なことなのだ。

死者の声

死は公平・平等思想をぶち壊す教育手段

二〇〇九年八月末の総選挙で、長く続いた自民党政権は崩壊し、新しく鳩山総理が率いる民主党政権が発足した。民主党は「マニフェスト」なるものをいち早く発表し、国民に希望を持たせた。

政策という日本語があるのに、なぜマニフェストなどという聞き慣れない言葉を使うのか、私にはわからない。私は大学で一応英文科を卒業したのだが、怠け者の学生だったせいかこういう高級な単語にはほとんど出会わずじまいだった。

政権を取ってから、民主党はマニフェストを実行するのに必死だった。マニフェストさえ守れば、国民から文句を言われず、民主党も嘘つきではない政党だと思われる、と感じているのだろう。

人間嘘つきは困るのだが、正しさを立証しようとして固くなるのも困るのである。鳩山総理は同年九月二十五日の国連総会で、CO_2を二十五パーセント削減することを発表した後、そのことを「お誓い申しあげます」と言った。潔い発言ともとれるが、実は人間は「誓ってはいけない」と聖書は有名な「マタイによる福音書」の五章で記しているのである。

「わたしは言っておく。一切誓いを立ててはならない。天にかけて誓ってはならない。そこは神の玉座である。地にかけて誓ってはならない。そこは神の足台である。（中略）また、あなたの頭にかけて誓ってはならない。髪の毛一本すら、あなたは白くも黒くもできないからである。あなたがたは『然《しか》り、然り』『否、否』と言いなさい。それ以上のことは、悪い者から出るのである」

鳩山総理はクリスチャンの家系に育たれたそうだが、キリスト教世界の知識を持つ人は、なかなか誓うとは言わないものなのだ。なぜなら人間という怪しげな存在は、いかに心では誓うほどの情熱を持とうとも、簡単に我を失うものだし、善意があっても実行に移しにくい場合もある。つまり人間は、あらゆる角度から見てそうそう「かっこよく」はなれないものなのである。

マニフェストには「子ども手当」のような極めて実感のあるものから、官僚の天下り禁止のようなものまで、さまざまなものが織り込まれているようで、もしそれを民主党が守らなかったら、有権者は声を大にして怒っていいのだろうか。

八ッ場《やんば》ダムの場合、建設中止も公約の一つで、村民が「今はもう推進の方向で全員一致している」と言っても、当時の前原国交大臣は首を縦に振らなかった。この問題は、初めて知らされた時、何がどうなっているのかよくわからなかった。村民と国の双方が、ボタンを掛け違えて来てしまったからだろうか。今までは村が建設反対、国は強行という図式が普通だったが、今度は全く反対である。

八ッ場ダムの場合、村民が怒るのは、「あなたの判断、あなたの存在はもう要らないよ」と言われたからなのだ。初めは村民全員が建設反対だったというのに、長い年月の間に国の意向に沿って建設賛成の方に態勢を整えて来た。それをまた、今になってその努力や苦労は「要らないよ」と言われたのだから、村民は馬鹿にされたように思ったのだろう。

現代人の生活では、すべての人間の思考、行動が、論理的に示され実行され、それが明快に評価されることを前提としている。それ以外のものは、許しがたいことなのである。しかしそこに唯一の例外がある。死である。

現代においても、死はマニフェストの範疇《はんちゅう》に乗せられない。個人の死は、その時期もわからず、順序も決められない。何よりも死に近い人は、さまざまなものを生きているうちから失うのである。しかしまだ死んではいない。歴史学者のフィリップ・アリエス（一九一四〜八四）は『死と歴史』の中で次のように書いている。

「瀕死《ひんし》者はもはや身分を持たず、したがってもはや尊厳を持たなくなる。彼らは日陰者、境界者である」

外界に対して影響を持てなくなる、ということは、死を間近にした人の場合も、長い間の村としての「苦渋の選択」を拒否された八ッ場ダムの場合も同じである。人間は、意識を失わない限り、いつまでも自分の存在意義を感じていたくて当然だ。しかし死だけは、いかなるマニフェストもカバーできない部分を持つ。

そのような不法が現世にあることを、昔の人なら納得できたのである。なぜなら、身辺には不法がまかり通っていたからだ。ペストがはやるだけでも、人々はばたばたと死んだ。適正な裁判所もなく、人はリンチでも殺された。人間が拉致《らち》され、略奪され、奴隷として売られた。王侯の暮らしをする人もいる一方で、食べものもなく乞食をして生きることもしばしばあった。貴族と平民は、違う世界に生きるものとされていた。

しかし今は違う。すべての人の前途には希望があって当然で、素質や生まれによって差が生じることも望ましくないこととされる。もし希望が叶えられないならば、その理由ははっきり明示され、途中に不平等があればそれは是正されなければならないのである。

もちろんこうした動きは歓迎すべきことである。しかしそうした人間の浅知恵をすべてひっくり返すのが、死の本質であろう。現代社会においては、多くの場合、損害を受けた者は相手から賠償を受け取るか、社会からその被害額を補塡《ほてん》される場合が多いが、一歳で死ぬ子供も、百歳まで長寿を保つ人もいるというのに、早死にという大損をすることに対する賠償制度はどこにもないのである（もっとも長生きをできるのに、自殺をする人もいる。これは生や長寿を嫌った人たちの判断である）。

私は昔一人の痛ましい青年の死を知った。二十代の後半だった彼は、恋人ができて、まもなく結婚するというまさにその時にがんに侵されたのである。愛した人との長い生涯を実現するという夢も打ち砕かれて、その上、末期がんだったので、比較的短時日の間に彼はこの人生とも愛する人々とも別れなければならなかった。私はこれほど痛ましい運命の暴力を見たことがなかった。それなのに、誰もどのような補償もできないのである。

死は現代における公平・平等の思想を唯一ぶち壊す役目を負っている。私はそれがいいというのではないが、公平・平等という観念の実現は現実問題としてあり得ないことだから、死はなによりの強力な教育手段なのかもしれない。

「生き続けなさい」という死者の声が聞こえる

死者はもはや黙しており、かつてどのような華々しい地位にいようと、その力は過去の記憶という架空のものになる。まだ死んではいない人でも、臨終にはほとんど死者と同様に扱われる。「瀕死者はもはや社会的価値を持っていないから」とアリエスは言う。

死者が、家長であり、社長であり、もっと大きな権力を有していた人のような場合は、残された家族は、盛大な葬式に、出席者の数の多さだけではなく、社会的地位の高い人の出席を望み、死後にもなお勲章や位階に執着する。しかしそれは死者がまだ生きていた時の勢力と比べれば、陽炎《かげろう》のようにはかないものだ。しかしアリエスの言う瀕死者やほんとうの死者は、無力なものだろうか。

死者の残したあらゆる形の遺産が、生き残った人々を生かす話は私たちの身近にもよくある。しかしそれならば、財産も名声もなく、通常の市井人としてひっそりと死ぬ多くの人たちは、何も残さなかったのだろうか。

私の母や夫の両親は、老後自分の持っていたわずかな財産を、律儀に差し出して生活費に充《あ》てていた。子供の私たちが経済的に恵まれるようになって、親たちの生活費くらい充分にみられるようになった後でも、手伝いの人に「今度あなたがおでかけになる時、私の分のバターも買っておいてくださいな」というようなことを言い、自分のお財布から千円札を一枚渡すような暮らしだった。そして私たちも、親たちが自立の精神を失わないことは大切なことだったので、黙ってするがままにさせていたのである。

そうしてお金がほぼなくなった時に、彼らは亡くなった。「私たちが面倒をみないと思って計算してたのかしら」と私たちは冗談にひがむこともできるくらいのタイミングだった。もっとも亡くなった時、私の母は八十三歳、夫の母は八十九歳、夫の父は九十二歳であったから、お金がなくなろうとまだ残っていようと、寿命ではあったろう。

どのような人でもその死にあたって残せるものが確実にある、と私は信じている。それは、死後、残された人々が、自分はどのように生きたらいいかと不安に陥る時、死者の声として聞こえて来るものである。

通常、善意に包まれて命を終える死者が残した家族に望むことは、健康で仕事にも励み、温かい家庭生活を継続することだろう。息子にはぜひ総理大臣になってもらいたい、という生々しい野望を残して死ぬ人もいるかもしれないが、人間は、その誕生と死の時だけは、不思議なくらい素朴になる。赤ん坊が生まれる時、親たちが願うただ一つのことは、五体満足で健康なことだ。死者が残していく家族に望むことは、「皆が幸せに」という平凡なことである。だから私たちは常に死者の声を聴くことができる。死者が、まだ生きている自分に何を望んでいるか、ということは、声がなくても常に語りかけている。

おそらくその声は「生き続けなさい」ということなのだ。自殺もいけない、自暴自棄もいけない。恨みも怒りも美しくない。人が死ぬということは自然の変化に従うことだ。だから生きている人も、以前と同じような日々の生活の中で、できれば折り目正しく、ささやかな向上さえも目指して生き続けることが望まれているのだ。その死者が私たちのうちに生き続け、かつ語りかけている言葉と任務を、私たちは聞きのがしてはならないであろう。

人生の通過儀礼

畑仕事が教える大切なこと

畑仕事をやるようになってから、もう三十年に近い。農業と言いたいところだが、私は恥ずかしくて、その言葉を使えない。なぜなら素人が畑を作ってそのむずかしさを知ると、ますます専業農家の人たちへの尊敬が募って、業としてもいない者は、農業などと言えなくなるのである。

ことにここ十五年ほどの私は、畑に出る時間がほとんどなかった。六十四歳から九年半、日本財団に就職した。無給だったが、週に二日半くらいは財団の仕事をして、残りの時間を執筆に充てた。必要に迫られて、原稿を書く速度は生涯に体験したことがないほど早くなったが、畑はやはり私の天職ではないから、原稿優先の原則は変えなかった。

それでも私はほかの人より作物がどうしてできるかを知っている、と自覚するようになった。最近では中年でも、農業の知識が全くない人がいる。稲からお米ができる仕組みをほとんど見たことがない、という嘘のような話も、もしかするとほんとうなのかな、と思わせられる。

つまり現代の人たちは、物事、物質の生成の道理を、ほとんど知らずに生きて行けるのである。鶏肉というものは、初めから適当に切ってあってラップに包まれてスーパーに置かれたものなのだ。しかし私はアフリカに行ったおかげで、鶏肉は、どのようにしてできたものか知るようになった。私は料理好きだから、つい外国で会った日本人に、限りある材料で何か日本風の料理を作ってあげましょうか、と余計なことを言う。お醬油《しょうゆ》だけはあると聞くと、親子丼なら、ほかに鶏肉と卵とタマネギと砂糖があればかなり純粋のものを作れるので、それに決めるのである。

しかし大きなスーパーもある大都市以外のアフリカで、親子丼を作るということは、決して私が考えるほど楽なことではない。私が献立を決めると、まもなく台所の裏で「コッコッコッ！」と何やら私にとっては不吉な声が聞こえて来る。材料になる生きた鶏が持って来られたわけで、それをこれから絞めて羽をむしり肉を取るという解体の作業をしなければならない。もちろん、こういう土地の人たちは、鶏を殺すのも非常にうまく、決して鶏を苦しませない。あっという間に、血を出させて、鶏が自分の死を感じる前に意識を失わせるのではないか、と思うほどだ。しかし鶏肉はともかく生きた鶏から始まるのであって、決して切り身から考えるものではない。

農業もそうである。

栽培が簡単なのと、毎日のように食べるので、私はいつもコマツナ、ホウレンソウ、チンゲンサイ、シュンギクなどを作っている。エンドウマメもソラマメも作る。それらの栽培の一つの基本的作業の中に「間引き」という作業がある。豆類は一カ所に普通二粒ずつの種を蒔《ま》いて、無事にその二粒が発芽したら、生育を見極めて、丈夫そうな一本を残して後の一本を抜き棄てるのである。菜っ葉類も本葉が数枚でたところで、必ず混み合っているところからてきとうに小さな苗を抜かねばならない。このうろ抜くという作業は「疎抜《うろぬ》く」と書けば、もっとその意味合いがはっきりする。小さな株と株との間をまばらにして、生長しやすいようにしてやることである。もちろん抜いた若葉は、おひたしの好材料だ。しかし実をいうと、このうろ抜き作業はあまり楽しいものではない。気の短い私など、時にはいらいらする。畑作業を知らない人は、抜いてしまうのはかわいそうだから、そのままにしておきました、などと言う。しかしうろ抜きをしなかったら、あらゆる豆も菜っ葉も育たない。

私はこのごろ時々、畑の仕事を少しでも知ったことは、何というういいことだったろうと返す返す感謝するようになった。とは言っても私は米も麦も植えたことがない。水田の作業など、観念で知っているにすぎない。

つい先日も修道院の中にこもって、畑も田圃《たんぼ》も作って自給自足している日本人の修道女たちに会いに行き、「田圃の草取りは大変でしょう」と言うと「いいえ、鴨《かも》(合鴨だったかもしれない)を借りますから」という返事が返って来て耳を疑った。雑草を食べる鴨を水田で放し飼いにし、勝手に除草をさせる話は聞いていたが、その鴨がレンタルだとは知らなかったのである。当節は、「レンタカー」ならぬ「レンタ鴨」があるとは、おもしろい時代だ。

「そうして秋まで太らせた鴨は、修道院で食べるのですか？」

と私は何となく意地の悪い質問をする。すると私の悪意など気もついていないらしい修道院長は、「いいえ、秋には、貸してくださった農家にお返ししますから」と答えた。

話が脇へ逸《そ》れてしまったが、私は農業の基本を齧《かじ》ったおかげで、自分が当世風の流行の考え方に染まらずに済んでいることを感謝しているのである。つまり物事を基本から、連続して考える癖がついたのである。

現代の若者たちが、依頼心が強くて身勝手だとすると、それはあらゆる仕組みを、発生から末端まで通して見る習慣も場もないからである。

年寄りが利己主義になったのもそうだ。誰でも高い年金、手厚い老後の介護を望む。国家予算と人手は限りあるものだ。国家は赤字財政、高齢者の多い社会は当然労働力不足が起きる。そういう状態で、老後の手厚い介護を望む方が無理というものだ。すべて物事は「通し」で見ることができなければならない。

畑をしていると、間引きがいかに不可欠の作業かということがわかる。庭仕事では、古い株を切り、病気になった球根は棄て、古枝は落とし、枯れ葉さえも取り除くことがどんなに必要かを教わる。我が家の庭には食用のアスパラガス（マツバウド）の畑もあるが、あの柔らかな葉の茂みが私は大好きだった。ほほずりしたくなるような柔らかい葉なのである。しかしこの葉さえも秋になったら根元からすべて刈り取り、その葉は別の場所に棄てなければならない。それから初めて株の根元に肥料を与えることが大切な作業だということが、この頃ではわかるようになった。

誰でも死ぬことで後の世代に役立つ

自然の教えるものは人間にも通用する。

人間が育ち、力ある青年期を迎え、やがて少しずつ衰え、やがて萎《しお》れて枯れる（死ぬ）という経過は、あらゆる生物の自然な姿である。それ以外の道を辿《たど》るものはない。その運命が自分の上に訪れても、それを嘆く理由はどこにもないのである。

それどころか、私は枯れ葉を除き、古株を分けて取り、という農作業がどれほど、花や樹を蘇《よみがえ》らせるか、ということを知っている。若い枝や葉ですら、混み過ぎた場合は適当に減らしていかなければ、全体としての木も花も実も豊かに、茂り咲き実るということはない。

私たちは平気で、大輪の花を選び、実が大きい果物の方を喜ぶ。私の庭にはキウイフルーツもできているが、その実はほんとうは一枝に二個くらいまでに摘果して減らすのがいいのである。ところが私の家では、この摘果という作業に誰もあまり真剣にならないので、できた実の中にはゴルフボールくらいの小さなものも混じってしまう。私の農園の作物が「曽野農場」のブランドを掲げてもとうてい高くは売れない理由である。つまり人生も整理なしには済まない、ということだ。

人生は初めから終わりまで「通過」である。そこにその時々によって儀礼的なものが加わる。途上国の部落では、いろいろな通過儀礼が行われると、ものの本で読んだことを切れ切れに覚えている。青年たちだけが集まって暮らす家で共同生活をしたり、高い崖や樹から足を縄で縛って飛び下りたり、割礼のような外科的処置を受けたり、それぞれに当人にとってはいささか過酷な試練をへなければならない。

先進国でもそれに似たことはある。入試のための受験、経済的独立という重荷、出産、老いた親の世話などである。こうした要素のない人生も、地球上にはないのである。死はその最後の一つだと考えると、それを避けようとするような悪足掻《わるあが》きはしなくなるだろう。むしろ死は、通過儀礼に参加することなのである。死は誰にでもでき、誰でもがそのことで後の世代の成長に資することができる。私たち日本人は、世界一の長寿という条件を与えられたことを喜んでいいのだが、六十八億を超える地球上の人間すべてが、一斉に百歳を超えるような長寿を得ることになると、そこにどんな形の新たな地獄が待ち受けているか、私には想像ができない。

James L. Bernat, Charles M. Culuer, Bernard Gert などによる『死についての定義と基準』（一九八一年）によると「もし我々が死を過程と見なすなら、その過程は人がまだ生きているときに始まるか、あるいは人が既に生きていない時に始まるかのいずれであり、前者の場合には死につつある人はまだ死んでいないのであるから、『死の過程』は死への過程と混同されるし、後者の場合は死は崩壊の過程と混同される」という。学者というものは、何でも物事をむずかしく、しかし考えてみると正確に言うものだ。

しかしこの論文の一言がおもしろいのは、どちらであっても、死にまつわる状況は停止ではなく、経過だということだ。静止ではなく、なおも続いている動的な変化だということである。

「万物は流転する《パンタ・レイ》」というのは、ヘラクレイトスの言葉だというが、人間もまたその流れの中にはめ込まれるのである。考えてみればこれは公平な運命だ。誰かが特別扱いをされるというのでもなく、誰かが運命を取り逃がすということもない。

私が畑の一隅に立って見慣れた自然の光景も、常に動き、流転するものだった。「三日見ぬまの桜かな」だけではない。芽も茎も葉も花も実も、時間の経過と共に確実に歩調を合わせて変化する。人間もまた同じである。

私と樹との関係

シンガポールの我が家との別れ

一九九〇年の暮れに私たち夫婦はシンガポールに古いマンションを買った。当時でも築十七年に近いマンションだったが、古めかしいおかげで面積が広く、こせこせしない間取りが私たちは気に入ったのだった。

夫も私も、自分の稼いだお金を好きなことに使っては来たが、一時期、不動産投機が盛んな時代にも、土地を買えば儲《もう》かるからということで、自分の使わない土地を買うことはしなかった。お金については、私たち夫婦は偶然好みがかなり似ていた。自分が好きなことなら、自分で稼いだお金の範囲で好きなように使う。しかし私たちは、小説を書いて、その結果としてお金をもらうことはあっても、投機的なお金の動かし方をして儲けてはいけない。そんなことをすると小説そのものがダメになるような気がしていたのである。

夫も私も親から一円のお金も相続しなかった。つい先日も私が、規模こそ違え、まるで鳩山首相の逸話のように親から遺産を相続したと思っている人に会って、お互いに親と自分との関係を語り合った。「ええ、確かに私は親から遺産を相続したんですけど、『ゼロ円』を相続したんです」と私は言った。この「ゼロ円」を相続するという言い方は法律関係者の使う言葉らしく、私は税務署の書類で初めてそういう表現を覚えたのである。

私の父は母と高年で離婚した後、再婚して若い夫人との間に娘を持った。私の息子よりはるかに年の若い妹である。わずかな遺産は、その夫人と私の妹が相続すべきで、既に生活の基盤のできている私が、娘の権利を理由に、割り込んで父のお金をもらう必要は全くなかったのである。

夫は本を好きなだけ買いたい人だったが、他の面ではほんとうにお金を使わなかった。身だしなみは外目からは想像できないほどいい人だったが、服に凝るのでもない。家から直線にして約七キロで渋谷という副都心に達するが、歩く道は十キロ近くなるだろう。その十キロさえ時には歩いてしまう。たかが文庫本二冊買うのに、百九十円も電車賃を出すのは勿体《もったい》ないから、と言うのである。

それと比べると、私は浪費家であった。他人には理解のもらえないことにもお金を出す。五十二歳の時、友人たちとサハラを縦断するために二台の四駆を買うお金を出した。他の人たちは、皆家庭持ちで、そんな「くだらないこと」のためにお金を使う余裕はなかった。私は着物道楽もせず、バー通いもせず、茶道具を買いあさるわけでもない。生涯で一番大金を使ったのはその時で、それはほんとうに無駄金だとその時は私も思い、多分他人にも思われたのだろうが、後で考えてみると、私が後半生で深追いした一神教（ユダヤ教、キリスト教）の勉強、中近東アラブ的思考への興味、アフリカとの深い関わりなど、多くの道を開いてくれた。もしかするとこれほど有効な「投資」はなかったのかもしれない。

しかしもう一つ私の「したかったこと」は南方に住むことだった。二十三歳の時に初めてインド、パキスタンに始まる外国旅行をして以来、私は自分が南方から渡来した先祖の子孫だと思いこむようになった。暑さが平気。南方の食べ物が何でも食べられる。多くの東南アジア人は迷うことなく私に中国語で話しかけて来た。私が少し背が高くて色黒だというだけで、小柄で色が白い日本人の特性からはみ出すので、誰もが中国本土の、それも南支の出身者だと思うらしかった。

シンガポールに古いマンションを買うことは、夫が賛成しなければできないことだった。サハラ縦断の旅とは違って、もう少しお金がかかる。夫が買ってもいい、と考えた理由は彼が食いしん坊だったからであった。私たちは日本でも中国料理が好きだったが、シンガポールで初めて、日本で食べられる中国料理はどれも詐欺に等しいものだということを発見した。まずくて高いのである。シンガポールでは私たちは毎日一食だけは、外の食事を楽しむことにしたが（釣り合いを取って夕食は極めて簡素な日本食をうちの台所で作って食べたが）、それでも五千円の予算があれば、信じられないほどの豪華なお昼ご飯が食べられた。簡単に食べれば、二千円以下でも上等なランチが楽しめる。料理はすべて個性的だった。潮州、広東《カントン》、北京、上海、四川の別はごく普通で、他に南と北のインド、ベトナム、マレー、インドネシア、タイ、アラブなどの料理が、どこででも味わえたのである。

もっとも私たちにとって最高の楽しみは、電話がかからず、お客もなく、テレビもNHKだけで、BBCやCNNなどの英語の放送はまあいいとこ六十パーセントしか内容がわからないからあまりおもしろくない。ついついテレビを離れてじっくりと読書をすることになる。居眠りもできる。それで東京の疲労を一挙に回復して帰ることができたのである。

しかし古マンションにはそれなりにこちらの配慮も必要だった。電気の線が不調になったり、私たちがいない間に下の階に水漏れがしたりした。古い家ではあるが、東京では一戸建ての一軒家に住んでいる私には、次第にその管理がめんどうになり出した。

十九年が経《た》とうという二〇〇九年の秋、私はいよいよマンションを売るなら今だという判断をした。シンガポールの不動産の売買は、売り手と買い手の立てたそれぞれの弁護士同士で手続きをする。私たちは意志だけ伝えて、書類にサインをすればいいだけなのだが、それにしても、外国に不動産など残されたら、息子や孫はどうして始末したらいいかもわからなくて迷惑するだろう。

夫もそれに賛成だった。かねがね「僕は買うのともらうのが嫌いなの。売るのと捨てるのは好き」と言っている人だから、「ああいいね。売れたらさっさと売ろう」と意見は一致した。すべてこういうものには運があると思うが、私たちは時期的な運にもついていて、買い手はあっという間に見つかった。

樹だけに知らせる私の死

十九年間住んだ家であった。私の知人で軽井沢に別荘があっても、年に一週間か二週間しか使わない人がいる。しかし私たちは年間確実に、一カ月から二カ月近くはシンガポールで暮らしていた。私がアフリカの調査を気楽にするようになったのも、まずシンガポールの家に来ていて、深夜の飛行機でシンガポールを発《た》てば、約十時間のフライトで（つまり一夜を眠るだけで）もう夜明けのヨハネスブルク（南ア）に着いているからであった。シンガポールは私の後半生のアフリカとの関わりを現実に易しくしてもくれたのである。

誰もが、そんな家を売るのは悲しいでしょう、と言ってくれた。そうに違いない、と私は思った。改めて家の思い出を残すために、記念の写真を撮ったりするのかなあ、と人ごとのようにではあるが考える瞬間もあった。

この家のどこに執着していたかと私は改めて考えてみた。するとおかしなことだが、それは窓の外に生えている、タンブスという大きな南方の樹だと思い当たった。

その樹は、実にマンションの七階の高さまであった。私は本を読む時には必ずベッドに寝そべって読む癖があったが、数十分読むと、眼を休ませるためにちょっと本を置いて外を眺めるのも習慣だった。すると私はいつもその樹の世界に入るのであった。

樹は細かい枝を私の寝室の窓いっぱいに広げていた。北緯一度という土地だから樹が葉を落として裸になるという季節はない。しかし私たち日本人が感じている夏の頃には、その緑のレースは一際濃くなり、冬には葉がかなり落ちて木漏れ日が強くなる。

かつて大学で英語を習っていた時、私が自然を表す単語として心を惹《ひ》かれた二つの言葉があった。一つはこのような木の葉の優しさを表す「群葉《フォウリージ》」という言葉であり、もう一つはやわらかな西風を示す「ゼファー」という単語だった。この樹はこうした表現をすべて受け入れる大きさがあった。

雨の兆しを嗅ぎつけると、この大木はまず窓ガラス一面に梢《こずえ》を大きく揺さぶる。次に風と篠《しの》つく雨を受けて震える。部屋の中にいても、私は自然の中に放り出されて濡《ぬ》れ放題に濡れるような気がするのである。

その樹を眺めている時、私は幸福でも不幸でもなかった。鬱《うつ》病でもなく、さりとて向上心に溢《あふ》れてもいなかった。私は思考を止め、時間の流れの中に身を任せていた。それが私の自然体であった。

この樹はさまざまな動物を遊ばせる舞台でもあった。リスがよくその枝の上を歩いていた。私が幼い時に使っていた英語の絵本に出て来るリスは丸々と太って、尻尾《しっぽ》もふさふさとしていたが、この樹に棲《す》むリスの尻尾は毛が抜けて痩せており、恐らくは疥癬《かいせん》に罹《かか》っているのだろうと思われた。しかし日本人はあまり見たこともないオオサイチョウという羽を広げると二メートルもあるような黒い鳥も、以前はよくこの樹に飛来していたのであった。この鳥は全身の羽毛は黒なのだが、くちばしは大きくカーヴした黄色で、頭の上にも黄色いクッションが載っている。

この樹は他にもまだ夜が明けないうちから、けたたましく啼《な》く鳥のさえずりの場にもなっていた。いまだに名前も知らず姿さえ見たことのないその鳥は、私には日本語で「オッキロ（起きろ）、オッキロ」とせっつき、関西から来た人には「マッケロ（負けろ）、マッケロ」とか「コッケロ（転べ）、コッケロ」と聞こえる声で命令調に啼くのである。

もし私が今回失うもので深く惜しむものがあるとすれば、それはこの樹を再び見られなくなることであった。私は自分の死後も死亡通知など誰にも出させないつもりだが、もしたった一人知らせるとすれば、それはこの樹のような気もした。「あなたを大好きだったあの人は、死んだんですよ」ということだ。すると樹はほんの一振りか二振り大きく枝を揺すって私を悼んでくれそうな気もした。

しかし……と私は再び考えた。自分がそれほどに愛着を持ったものなら、現世でそれを長く独占してはいけない。一時それを愛する権利をもらったら、その特権は再び誰かに早々と返上しなければならないのだ、と。

私は引っ越しの慌ただしさの中で最後に家のドアを閉めた。感傷は、これっぽっちもなかった。私の死も、そうでありたかった。

小さな目的の確かさ

最後に残るのは、財産でもなく名声でもなく愛だけだ

考えてみれば、誰もが公平に一度ずつ、人生を考えねばならない死の時を持つ、ということは、大きな贈り物なのかもしれない。

若い時にはお金と遊びのことだけ、中年になると出世と権勢以外のことはほとんど考えないという人がいる。しかしそういう人でも死が自分の身辺に近づいて来るという予感がすると、やはり思索的になる。そして思索的になる、ということだけが、人間を人間たらしめるのである。そうでなくて、餌《えさ》（食物）のこと、セックスのこと、縄張り（権勢）のことだけしか考えない人間は、やはり動物と全く同じ存在ということになる。

生きている人の文化は千差万別だが、死に当たって望むことは、どの国の、どのような階層、宗教の人でも大体似たりよったりになって来る。

少し前シンガポールの英字新聞が、シンガポール人の死に対する意識調査をした。その時点で多くの人が死を予告された後、実行し、望んだことは、家族の生活を緊密にし、共に長い時間を過ごそうということであった。或る夫婦は、二人が共に暮らした日々を記録するためにあちこちに旅をし、数千枚に上る写真を残した。かつての知人たちに会うこともその旅の一つの目的だった。

それは簡単に言うと「愛の確認」という目的に尽きている。

そうなのだ。私も何度か書いているが、まだ余生が長いと感じている間は、私たちはさまざまなこと、多くの場合、人生の横道に当たるようなことに執着する。妻に秘密の愛人も捨てがたい。ぜひハワイに別荘を買いたい。会社で出世コースに乗りたい。一流大学に入りたい。

それが悪いとは言わない。人生とは、いわば横道をさまよい歩き続けることなのかもしれないからだ。しかし死が近づいて来ると、多くの人々の意識は一つに絞られる。それは

「愛に生きること」だけを求めるのである。或《ある》いは「愛に生きたこと」を思いだそうとするのである。

私の知人のまたその知人という程度の遠い人のことだが、或る女性が治癒の見込みのないがんに罹った。その人の夫は画家で、若い時はかなり妻を悩ませるような野放図な女性関係も繰り返したのだが、妻の死病を知ると、突然改悛《かいしゅん》と償いの生活をするようになった。彼は妻の看病に明け暮れるようになったのである。それによって、彼女は病院でも看護師たちから羨ましがられるような恵まれた病人になったのだが、気分は鬱々として楽しまなかった。

私たちはその話を聞いて、口々に勝手な感想を漏らした。夫が改悛して、妻に優しくなったことはいいことだ、という点については誰もが一致していたが、それだけでは病人に生の証《あかし》を与えられないのではないか、と私は考えた。これはいささか悪の匂いのする、悪魔的判断である。

私は夫がそれまでどおり、不実で、妻の重病をいいことに、しきりに秘密の女の家に通い続ける方がいいのではないか、と不謹慎なことを言った。そんな夫だと、その間に彼女の方は、入院先の病院で、思いもかけず昔の男友達に会い、実はあなたが好きだったという告白を受けるというような劇的な運命も開けるかもしれない、と言ったのである。

無限に続きそうな時間の中では、多くの恋もだらけたものになる。しかしまもなく死によって引き裂かれる運命が決まっているとしたら、二人の恋は燃え上がる。それは悲劇だが、人生の最期を飾る上で、こんなすばらしい状態はない。どちらがいいかしら、と私が無責任に笑うと、その会話の中にいた女性は、「私は断然、不実な夫故に、最後の恋に燃える方がいいです」と言い切った。

「じゃ、いい夫になったことは、妻を不幸にしたわけね」

と私は最後まで無責任だった。

最後に残るのは愛だけなのである。財産でも、名声でも、名誉でもなく、健康ですらなくて、愛だけなのである。

だから愛されたことも、愛したこともない人の死は、ほんとうに気の毒だ、ということになる。

余命六カ月となったら、あなたは何をしますか

英字新聞がまとめた返答は、やや中国系の人の多いシンガポールの特徴を見せてはいるが、充分に私たちの参考にはなる。

余命六カ月となったら、あなたは何をしますかという問いには次のようなものがあった。

（1）「愛する人と共にいる」
（2）「旅に出る」
（3）「せいいっぱい生きる」
（4）「楽しむ」
（5）「仕事を辞める」
（6）「肉体的、物質的快楽にふける……思うさま飲み、食べ、人と遊び、セックスをする」
（7）「今まで通りに暮らす」
（8）「精神的な生活にふける。出家したり聖書を読んだり」

（9）「家にいる」
（10）「思いっきり金を使う。社会に還元したり、チャリティーに献金したり、ボランティアなどをする」

というのが十の答えである。

私の理想は（1）である。もっとも「愛する人」という言葉からは、さまざまな人が想像されるだろう。夫や子供などの家族、或いは共に暮らして来た母や姉妹、文字通りの愛人、片思いの人、などが普通だが、愛の対象として犬や猫、海や山などを連想する人もいるだろう。或いはやりかけの研究があれば、そのこと自体、或いは研究室、などというものが思い浮かべられるかもしれない。

しかし、少なくとも私は、現実には（7）の「今まで通りに暮らす」ことになるだろうと思う。人生とはそんなものなのだ。特に不運とは言えない。それに、自分が死ぬことになりました、ということを劇的に吹聴《ふいちょう》するのは、私のおしゃれの好みに反する。自分のことは黙っていたい。騒ぎたてたくない。とすると、今までと同じように、少し背中を丸めて普通に職場に通い、或る日、立つこともできなくなって、初めて救急車で病院に運ばれる、という無様な始末になるのかもしれない。
（9）の「家にいる」、（8）の「精神的な生活にふける」もかなり可能性がある。自分の行って来た愚かさを祈りの中で神に詫《わ》び、「でもあなたはこんなにもすばらしく、しかも哀しい現世を見せてくださいました」とお礼も言う。聖書は、死を前にすると心に染みる部分ばかりだということは確かだ。
（2）の「旅に出る」という発想をする人も世間には多いようだ。しかし体力がそれに伴わない場合もあるだろうし、私の場合、きれいな景色を見たり、心を震わせるような夕映えに遭ったりすると、余計に悲しくなるという性癖がある。だから見慣れた町の一隅で死ぬ方が、「落ち着いて死ねていい」と思うかもしれない。
「『よく死ぬ』ということは、あなたにとってどういうことですか」という質問もある。肉体的には「長く病まない」「眠るように」「年取って老衰で自然に」の三項目が挙げられているのは自然だろう。

心理的には「悔やむことがない」「幸福に死ぬ」「心配することもなく穏やかに」だというが、これらはすべて答えに少し無理がある。つまり死ぬ時の心理に限って誰も体験がないのだから、わからないと言う他はない。

「達成感」についての質問に対しては、

「仕事やその他のすべてのことがきちんと解決したという感じの中で」

「自分の人生に意味があった、満たされた人生だったと感じながら」

「自分の夢、望み、したかったこと、目標達成などが叶《かな》えられること」

の三項目が挙がっているが、これらのことはどれもそれほどむずかしいことではない。

私は今までに百二十カ国以上の貧しい国の暮らしを見た。食べるものにも、体を洗う水にも事欠き、子供たちは学校にも行けず、キャンデーの甘い味も知らず、病気でも医師にかかれず、暑くても寒くても、虫にたかられても、耐える他はない暮らしである。

しかしその中でも、幸福がないわけではない。今夜食べるものがある時、彼らは自然に笑顔になるほど幸福なのだ。そういう言葉で認識するかどうかは別としても、「生きていてよかった」と思っているだろう。

達成感というものを設定するには、まず目標というものを定めなければならない。その目標は何かということは、誰かに決めてもらうことではない。福袋のように、何か適当に目的らしいものを手に入れておけば、その中から自分に合うものもあるだろう、というわけにはいかない。

目標、目的は小さなものでいい。一つの会社を興すとか、科学者が世界的な発見をすることだけが、生きるに値する目標ということはないのである。

普通の家庭では、子供をどうやら一人前にすれば、それだけで一つの目標を達成することになる。年老いた両親に穏やかな生涯を送らせることができれば、それも大事業だ。医師や看護師なら、どれだけ生涯にたくさんの人の命を助けることになるだろう。教師なら、どれだけたくさんの子供たちに、人生の意味を教えることができるだろう。私もまた教室で始終先生の話を聞いていない子供だったからよくわかるのだが、普段居眠りばかりしているような生徒でも、或る日、ほんの一瞬、魂に突き刺さるような先生の言葉というものを捕らえることがよくあるのである。

どの職業を通しても、必ず大きな影響を誰かに与えてこの世を去ることはできる。要は、その目標を自ら発見するかどうかなのだ。

荒野の静寂

心の穴を埋めること。立派な人間となって死ぬために

人間には性格として、絶えず生の希望に燃え続けられる人と、ほっておけば死に視線が向く人とに分かれるように思うけれど、それは先天的な資質であって、変えようもないし、どちらがいいとか優秀とかの問題でもない。

人はすべて自分に与えられたものだけを使い切って死ぬのが一番見事なのである。しかしこの点をはっきり認識している人はあまりいないかもしれない。二〇一〇年のバンクーバー・オリンピックでの浅田真央選手の活躍にはすべての人が魅了された。長い年月、スランプにも耐え、よく自分を失わなかったものだ、と思う。私など、自分が十九歳の時の

ことを考えると、とうていあれだけの気力も忍耐力もなかった。私はたった三、四年間小説の修行をして芽が出そうにないとなると、すぐやめる決意をしたのである。今こうして作家の仕事をしているのは、やめると決意した日に、同人雑誌に発表した私の作品が、中央の純文学雑誌で批評されているのを見つけたからだ。

バンクーバー以来、浅田真央は「悔しい」という言葉を何度も使った。もちろん次のオリンピックに向けての前向きの決意の言葉だ。しかしキム・ヨナを抜くことだけが人生の目的だとしたら、それはかなり貧しい目標だ。

いささか古典落語風にいえば、同じ町内で張り合っている魚屋より売り上げを伸ばすことだけがもう一軒の魚屋の生涯の目的になってはいけない。魚屋の目的は、自分の眼で選んだ新鮮な魚を客に食べさせて「うまい！」と言ってもらうことである。

小説家の世界も同じだ。世の中には警察小説やスパイ小説を書かせると、誰も敵《かな》わないような才能を見せる作家がいる。彼らの書く作品は人気があるから本もたくさん売れる。お金も儲かる。わかっているなら、私も書けばよさそうなものだが、作品の世界が違うから、とても私には真似ができない。スパイ小説の読者は、多分百万人いる。しかし私の小説の読者は……一万人と言いたいところだが、多分五百人くらいである。でもそれはそれでいいのだ。難病の薬は、風邪薬みたいにはたくさんは要らないが、それでもないと困る。私の小説もそんなものだ、と思っている。

いずれにせよ、すべての人が、その人らしい場で、できることをするのがいい。比べるのはいけない。キム・ヨナも彼女なりに、今後の目標を作らねばならない。浅田真央も彼女の人生の目標は、もっと自由で高い所に求めるのが自然だ。

私は金メダルの重さを充分理解しているつもりだが、昔から、「金」はミダス王の伝説にも描かれているように、一種の呪縛だった。

フリュギア王・ミダスはギリシャの伝説的人物で、一つだけ望みを叶える、と言われた時、自分が手に触るものがすべて金に変わることを選んだ。ところが食物まで金に変わって空腹に苦しんだのである。

それ以来、金は食べ物より価値は劣るという見方ができた。もちろん「金メダル」は材質のことではなく、そこに象徴される才能、努力などに対する世界的な評価である。それでもなお、オリンピックのメダルなど大したことはない。むしろ、一人のすばらしい女性が、スケートという生涯を打ち込める世界を持ったことにこそ大きな意味があるのだ。だから金が取れなくて「悔しい」という浅田選手の言葉は、十九歳なりにまだ熟してはいない。大学に通う時間もあまりないとすれば、周囲はそのマイナスの部分に、将来も気を使ってあげねばならないのかもしれない。

人は生きている限り、自分の内面を充実させて行く。現代の人々は、エステに行って美容に気を使うことはするが、自分の心の内面に開いた空洞や虫食い穴のような欠点や空虚には、あまり恐怖を持っていないようである。私たちは一生かけて死ぬまでに、その空洞を埋めて行くのだ。それは動物としてではなく、立派な人間となって死ぬためである。どのようにして穴を埋めるかというと、考える、働く、学ぶ、本を読む、体験を積む、深い悲しみと喜びを知る、というような手段を通じてである。エステに行き続けても、年を取らないわけではない。しかし心の空洞を埋められると、もしかすると、心の若さは保てて魅力的な人間でいられるのである。

そのためにはどんな環境が必要か。

私の子供時代と比べても、学ぶ環境は信じられないくらいよくなった。戦前は今ほど本の数も多くはなく、図書館もごくわずかだった。

私は子供の時から強度の近視だったので、いつか失明するのではないか、という恐れを抱き続けていた。四十代に入ってからは、本を読む度に必ず心に触れたところに赤い線を引く癖がついた。電車の中で読むことも多いので、傍線はよれよれになり、本は当時から、どんな古本屋も引き取ってくれないほど汚くなったが、そうしておけば、私の眼が見えなくなった時、誰か代わりの人が、その個所を簡単に発見して音読してくれるだろう、と思ったのである。この方法は今も続いていて、私は原稿に引用した資料を、ほとんどの場合大した苦労もなく見つけることができる。

美容に心を使うのと同様に、習慣的に本を読んでいると、いつのまにか誰と話しても話題には困らなくなる。自分が物知りになるというより、人から話を引き出して教えてもらう共通の場を作ることが自然になる。それが何歳になっても「もてる」秘訣《ひけつ》かもしれない。

「心の穴を埋める方法」は、ほとんどが私一人で行う行為である。確かに働くということは、森の奥で一人で樹木に立ち向かう「樵《きこり》」のような仕事以外、工場にせよ、事務職にせよ、多くの場合、人といっしょに動くことを意味する。しかし労働の精神的な目的を見いだしたり、仕事に合った日々の生活のテンポを作ったりするのは、あくまで自分一人だけの孤独な作業なのである。

自分の生涯に納得できれば、死を迎え易《やす》くなる

私はいつも、死を迎え易くするのは、自分の生涯に納得を持てた場合だと思っている。人間だから、いささかの言い訳は常にあるだろうし、地震、津波、火事、自動車事故、先天性の病気などのように、個人が避けることの不可能なものもある。また自分はしたいと思うことでも、知識、技能、能力、性格などの点で、雇用者側から不適切として見捨てられることも致し方ない。しかし常識的にいえば、それ以外の生き方は、日本のようにどんな選択も自己責任においてできる部分が残されている社会なら、必ずその人なりの納得にいたる生き方はできるはずなのだ。

選ぶということは思考の結果だ。人に誘われたから決めるというのは言い訳だ。考えて決めるには、なにがしかの時間と静かな空間が要る、と私は思う。私は下町の生まれだか

ら下町気質もよく知っている。人によっては電車の騒音がしないと却《かえ》って落ち着かないという人もいるし、私自身、喫茶店の音楽の中でも原稿は書ける。しかしできれば静かさ、それも徹底した孤独な静寂というものの中に、時には自分をおきたいと思うことは始終だ。

先日古い資料の整理をしていたら、シャルル・ド・フーコー神父の『ボンディ夫人への手紙』という本を見つけた。

シャルル・ド・フーコー神父については前述したが、彼は荒野の続くアルジェリア南部のタマンラセットで、一人隠棲《いんせい》の生活を送る。そして心に愛し続ける従姉《いとこ》マリーに手紙を書き続ける。それはほとんど自分の心の救いのためだったろう。

タマンラセットの山は、数百キロのかなたまで見はるかすことができる荒野である。昔からそこはイスラム教徒の遊牧民《ベドウィン》の土地で、当然のことだが、キリスト教に改宗しようなどという者は一人もいなかった。シャルル・ド・フーコーの生涯は、人は現世では失敗者であってもいいのだ、と真理を伝えている。彼の死後、その精神は、多くの人たちの心を支え、宣教活動が広がったのである。

太陽の輝きがふり注ぎ、永遠の穏やかさと安らかさを見せる一人きりの砂漠で彼は、

「私はこの空と、広大な地平線を眺めるのが好きです」
「ここでは二つの無限を眺めています。のびやかな空と砂漠です」
と書く。我々人間の、存在、愛、生、平和、美しさ、幸福、我々の時と永遠、心と魂の中に存在するすべてのものを、彼は砂漠に見たのである。

シャルルは何度も「calme（静けさ）」という言葉を繰り返して使っている。魂から虚飾の古い衣をはぎ取り、その心底を見抜くのは神のみだ、という姿勢である。そして一九一六年の十二月、彼は過激なシヌシ教徒によって射殺される。

現代は、あまりにもこの静寂と沈黙に欠けた時代だ。音声と饒舌《じょうぜつ》だけは豊富に与えられている。しかし人間の魂の或る部分は、しばしばこの静寂の中でしか育たず、それが永遠への旅立ちの前の死の準備には、不可欠なもののように私は感じるのである。

最期の桜

二〇五五年には老年人口が四十パーセント台に

時々、統計を見て愕然《がくぜん》とすることがある。

日本の人口が減り始めたのは、二〇〇五年からだというが、もし統計というものが信頼するに足りるものとすれば、二〇五五年には六十五歳以上の老年人口が四十パーセント台になるという。

すでに最近でも、町を歩くと、若い人より年寄りが多いなあ、という印象があるが、町を歩ける高齢者はまだ自分で動けるからいいのである。自分で日常生活を送ることのできない高齢者は、それだけで若い世代の足を引っ張ることになる。

五十年後といえば、今三十歳のサラリーマンが、八十歳になる時には、すでにその困難が現実のものになりかけている。ピークは二〇六五年頃で、老人は四十三パーセントに近づくという。三十歳だった若者が八十五歳の長寿に近づくのを少しも喜べない、ということだ。その頃には、半分に近い人が老人なのだから、老々介護はごく当たり前のことになる。助けてあげようにも、働き手がないのだから、年寄りは放置される他はないという惨状が、目の前に迫っている。

「子ども手当」で子供を持ちやすいようにしようとか、保育所を増やせば働くお母さんも子供を産もうという気になるだろうとかいろいろ言うけれど、私はそんなことは根本的な解決にはならない、と思っている。

体外受精による妊娠をあてにすれば別だけれど、子供はごく単純に人間の性欲の結果として生まれるのである。しかし今はその欲望が弱すぎる。というより、セックスよりおもしろいものが、他にたくさん出て来たから、相手の気も兼ねなければならないセックスなどめんどう臭くなって来たのだという。

途上国にボランティア活動のために赴いた日本の若者たちが、素朴な印象としてまず言うことは、「電気のない村では、夜になると他にすることが何もないから、セックスをするんです。それで子供が増えるんです」ということだった。「だから途上国の貧困を防ぐために人口をこれより増やさないようにするには、まず電気を引いてテレビを普及させることです。それでほとんど人口問題は解決しますよ」と彼らは言うのである。

実際都会の男女はその点、さまざまな気晴らしの方法を知っている。夜の町には、私が書き切れないほどいろいろな刺激があるらしいが、問題は家に閉じこもっている若者も、生殖にはあまり関与しないという点だ。

その原因はコンピューターである。あの画面の前に何時間も座っていることを最も愛する一種の中毒患者が増えている。麻薬ははっきりと悪だから、周囲の弾圧を受ける。しかしコンピューターの前で何をしているかは、実は当人にしかよくわからない。大変な学問的研究をしている学者も、知識の断片みたいな覗《のぞ》き見趣味に浸って無駄な時間を使っているにすぎない人も、外からはよく判別できないのである。

私がIT中毒を恐れるのは、それが人と交わらなくても済む生き方だからだ。これまで人間が生活するということは、肉体労働であれ、知的作業であれ、やはり基本的には他人と関わり合いながら共同作業をすることだった。それによって私たちは人間というものを知り、言語を使いこなすようになり、肉体的苦悩も心が満たされる幸福も知った。他人は愛の言葉もかけてくれるし、労《いたわ》りや励ましも態度で示してくれる。握ってくれる掌は必ず温かい。もちろんその他人という存在は、殴ったり、奪ったり、傷を負わせたり、殺したりすることさえある。すべてそれらの現実の禍福を、私たちは心身両面から受け止めて生きて来たのである。

しかしＩＴの世界では、自分は全く傷つかない。ヴァーチャルリアリティの世界は、モニターの画面でどんなに過酷な闘いや冒険が行われていようと、見ている人間は実際の敵の攻撃にさらされることもなく、暑くも寒くもなく、砂埃《すなぼこり》にも塗《まみ》れず、飢えることもなく、疲れもせず、眠れないこともない。機械を止めさえすれば、私たちはたちどころに平穏な生活に戻って、食事を摂《と》り、入浴をして、柔らかな布団に入って眠ることができる。

話が少し脇に逸《そ》れたが、とにかく現代人は、架空世界に遊び続けるという一種の麻薬中毒患者の生活を合法的に許されるようになった。登校拒否児童も、会社へ行けない男も、モニターの画面の前に座っていれば、外界と繫《つな》がっているような錯覚を感じることができ、しかも自分は知的人間の暮らしをしていると装うこともできるのである。

しかし、ＩＴの世界は子供を産まない。この人口の変移の問題は現実的だ。現実の生活から遊離した暮らしを続ければ、今の若い人たちは、周囲の半分に近い人たちが老人で、しかももはや介護を受ける人手もない、という事態を体験するのである。

長寿になったら、どうなるのか、というシミュレーションを、今から三、四十年前の学者や官僚はしなかったのか、と思う。中国はもっと深刻だろう。一人っ子政策を推し進めれば、今にどんなことになるか、素人でも薄々憶測がつく。しかしその過程を中国共産党の恐怖政治が推し進めて来たのである。

老人は自己責任で自然死を選ぶべき時代が来ている

現実に戻って考えてみると、私は一定の年になったら、もう丁寧な医療行為は受けないつもりになっている。一定の年は幾つか、それはめいめいが決める他はない。丁寧な医療行為なるものは何を指すか、それもめいめいが考えればいい。

しかしいくら年寄りだろうと、そこにいるのは生きている人間だ。見捨てていい、と私は言っているのではない。痛みがあれば取り除くようにし、食欲がなければ、少しでも食べたいものを思いついてくれるよう家族や友人がいっしょに考え、希望を叶えるのに全力を挙げたらいい。興味のある話題を共に語り、何とかして行きたい場所に連れて行くのもいい。たとえ一ページしか見る気力がなくても、本や雑誌を買って来て見せてあげたい。

その間にも季節は移り行くだろう。人間はすべての人がいつか「これが最期の桜」を見ることになるのである。私の知人が入院していたホスピスでは、病人の息子が花見の計画を立て、車で迎えに来てくれて隅田川のほとりをドライヴする日程が決まると、その時間帯には点滴の針を外して遊びを第一にしてくれていた。予定通りの栄養剤の量が入らなくても、息子と最後の花見をする方が大切に決まっていたからだ。

途方もない手厚い看護のためにお金と人手も掛けてまで老年を長く生き延びることを、私は少しも望んでいない。適当なところで切り上げるのが、私の希望だ。

しかしそれをどの点で切るか、ということは誰にも言えない。医師も無理だろうし、厚生労働省が規則や数値で出せるものでもない。それは責任を持って、当人と、当人を愛していた家族が決めればいいのである。そしてその結果を病院の責任にしたり、すぐ法的な裁判に持ち込まないような社会風土をつくるより仕方がないのである。

　後期高齢者の健康保険制度は、近々また変わるかもしれないのだそうだ。私は数字に弱くて、いちいちその経過を追う気にもならないが、目下のところ私は働いているので、健康保険は三割負担だ。そして年に五十万円の保険料を払っている。しかしありがたいことに、私はほとんどこの保険を使わなくて済んでいる。怪我をした足が週に二、三度痛むことがあると、その痛み止めの薬は売薬としては売っていないので、整形外科で処方箋を出してもらわねばならない。しかし、その薬を購入する時だけしかここ半年ほどでも保険を使っていないのである。

　損じゃないの、と私の知人で言う人がいるが、私は少しもそうは思わない。私は幸運なことに内臓が丈夫なので、医療機関にかからなくて済んでいる。しかし私の年頃では、毎週二度三度と、お医者通いを仕事にしている人はかなり多い。

　それはその人たちにとって、いい運動であり気晴らしなのである。そこで電気を掛けたりリハビリの運動をしたり、顔見知りに会って帰りにおそば屋に寄り、楽しくお喋《しゃべ》りをしながら食事をしたりする。その人にとって社会がまだ失われていない証拠だ。もしこの状態が続けば、私は毎年、五十万円の寄付をして、体の弱い人を助けていることになる。

出したお金が、意味のないことに流用されてしまうこともあるというが、この日本国家の組織を利用した後期高齢者の健康保険は、まあまあそれを必要としている人に回されているのだろう、と私は思いたい。医療機関と製薬会社が結託して、不必要な薬に莫大《ばくだい》な金を使っている、という話はよく聞く。インフルエンザの予防ワクチンなど、効くわけがない、自分は一切予防接種など受けない、という医師もいる。

しかしとにかく普通の病人は、病気に罹ったら、医師にかかりたい。その希望を叶えるのが、文化国家の最低の条件である。

それでも私はこのごろ違うことを考えるのだ。老人は自ら納得し、自分の責任において、或る年になったら、自然死を選ぶという選択がそろそろ普通に感じられる時代になっている。これは自殺ではない。ただ不自然な延命を試みる医療は受けない、ということだ。そして万物が、生まれて、生きて、再び死ぬという与えられた運命をごく自然に納得して従うということは、端正で気持ちのいい推移なのである。

それには、いつも言うことだが、その人の、それまでの生が濃密に満ち足りていなければならない。思い残しがあってはならず、自分の辿《たど》った道を「ひとのせい」にして恨んではならない。人は老齢になるに従って、具合の悪いことを他人のせいにしがちだ。死ぬまで人生の舵《かじ》を取る主《あるじ》は自分だったと思える人は、或る時、その人生を敢然と手放せるはずである。

微粒子になって

現世に静かに絶望した者

二〇一〇年は、春にもかかわらず寒さが続いたが、そうした一日、私は京都紫野《むらさきの》の大徳寺で行われた音禅《おんぜん》法要というものに初めて列席した。これはあくまで法要なのだが、その一部に音楽が取り入れられ、独唱もあり、全く音楽なしの本来の読経もある。

法要は托鉢《たくはつ》姿の僧たちが縁の下に並んで立つところから始まる。ヒンドゥやイスラムは知らないのだが、カトリックにも「光栄ある乞食坊主」の思想というものがあって、私には理解しやすい。

一番有名な「乞食坊主」は、アッシジのフランシスコという人で、若い時は今の言葉で言えば放蕩息子《ほうとう》であったが一切の贅沢《ぜいたく》を棄てて信仰に生きるようになった。十三世紀初頭のことである。もちろんこの場合の乞食は、怠け者で乞食をしているのではない。人間は衣食住に、深く心を使ってはいけないということなのであって、祈り、瞑想《めいそう》、商業ではなく農業などの労働、人の救済のために時間を使うべきだ、という思想である。フランシスコで有名なのは「托鉢に行って、その日の糧《かて》を貰《もら》ったら、明日、明後日の分まで貰おうとして托鉢を続けてはならない。すぐに帰って来て本来の祈りの生活に戻りなさい」という言葉である。私なら「今日はお貰いの手応えがいい。せっかく出て来たんだ。これを利用して、明日、明後日の分どころか、一週間分くらいは、稼いで帰ろう」と思うに違いないのである。

話が横道に逸れてしまった。

この音禅には、尺八と横笛、それにツトム・ヤマシタさんの演奏されるサヌカイトという石を使った（素人風に言えば）木琴ならぬ石琴の演奏、それにノーマ・オムランというシリア人の女性歌手の歌が加わる。

サヌカイトという石は、讃岐《さぬき》の山からとれる硬質の石だそうで、現世の雑念をあたう限り排除した音に聞こえる。しかし精製された冷たい人工的な金属音ではない。人間と共に地球から生まれた物質の、生の響きを残しているように聞こえる。

ノーマ・オムランの声はまことに神秘的な魅力で私を捕らえた。男声でも女声でもない。しかしまさしく人間の魂の声である。彼女はシリア人で、ダマスカスの歌唱学校大学院卒。ダマスカス・フィルハーモニック・オーケストラのソリストでもあるという。

歌う言語はアラム語だというが、これはヘブライ語の一方言と言っていいだろう。アラム語は、イエスの話していた言語である。もっともイエスはアラム語の中の、ガリラヤ方言を話したはずだ。ガリラヤ訛《なま》りというものはかなり顕著な特徴で、弟子のペテロが、自分の身の危険を回避するために、イエスの弟子ではないと言い張っても、その言葉から見抜かれた、という逸話が聖書に出ているくらいだ。

彼女の祈りはアラム語で歌われた。

「神よ、扉を開けてください。

慈悲深い両手を拡げて、
罪人を迎え入れてください。

私の涙を受けとめ、罪を許してください。
あなたは唯一の命の泉、
命の水そのものなのです
「信仰ある者は、神に殉じた人々のもとに駆け寄る。
勇気と誠実を示し続けた人たちのように、
自らの血を捧《ささ》げる。
天国の光栄を得るために。
生きるよりは死を。
この世の光栄よりは、神の前の惨めさを選んだ。
死は私の宝。
この世は裏切りに満ちたものだから。
神の子の傍にある者たちは、
自らの血に己を浸し、
祈りと感謝の印を、神よ、あなたに捧げて、この聖なる日に歌う。

『宇宙を統《す》べる神よ、あなたに栄光を』と」

英語の訳詩がつけられていたので、それをさらに私流に訳するとこういうことになる。

ノーマ・オムランの歌は、現世を深く離れたものだった。離れたというのは、いささか卑怯《ひきょう》な言い方だ。むしろ現世に、深く静かに絶望した者の響きがあるように聞こえる。一般に絶望は荒れた心に繋《つな》がるが、現世に静かに絶望した者には、必ず一種の安らぎと、透明な視線が表れるものなのである。

この世に醜い未練を残さないこと

偶然だが、私はロマノ・ヴルピッタ著『ムッソリーニ　一イタリア人の物語』という本を読んでいた。私の幼い頃、ムッソリーニは、まだヒトラーと並んで現存していた人物なのである。私はムッソリーニを研究したこともないので比べることはできないのだが、この著者はいかなる「時の人」をも、その人間性において過不足なく捉えているという点で名著である。

ムッソリーニは一九二一年に結成された「国家ファシスト党」を率いて、ヒトラーとの一部共同戦線を張ろうとした人物だが、当然のことながら細かい点でヒトラーとは違う政治的姿勢と思想を持っていた。しかし打ち続くイタリア戦線での失敗以来、ムッソリーニはしばしば死の予感にとらえられるようになった。一九四五年三月彼は知人の女性記者に書き送っている。

「死は我が友となり、もはや恐ろしい存在ではなくなった。あまりにも苦労した人間にとって、死は神の恵みである」

「私に開かれた道は、死以外にない。それが正当だ。私は過ちを犯したのである。それを償おう。もし私のこの虚《むな》しい命に、何らかの価値があるのなら」

「私は一生の間、演説でも文章でも数多くの引用を行なってきた。間違ったものもあるといわれているが、今はもう一つ引用したい。今こそは正確である。ハムレットが言ったように、私も『その後は沈黙となる』と言おう。かねてから大いなる沈黙に入る決心はできている」

しかしムッソリーニの本心は、死んでも無意味な沈黙はしたくなかったと著者は書く。「彼の覚悟は、自殺をもって歴史の終焉《しゅうえん》を告げようとしたヒトラーとは、まったく違うものであった。ムッソリーニにとっての死は、歴史のなかでの自分の永遠性を保障するものであった。そのために自殺ではなく、生贄《いけにえ》の形を取らなければならなかった」

ムッソリーニが詩人ダンヌンツィオについて触れた言葉が、彼の理想であったのだろう。

「君は死んだのではない。地中海の真ん中にイタリアという半島が存在するかぎり死ぬことはない。君は死んだのではない。この半島の中心に、我々がいずれ必ず帰るローマという都が存在する限り、君は死ぬことはない」

これは政治家としてはなかなか文学的な賛辞であり、自分もまたこのように思われることが望みだったのであろう。

一九四五年ムッソリーニはスイス亡命に失敗してパルチザンに捕らえられ、最後の愛人と共に射殺されてミラノのガソリンスタンドの屋根に逆さ吊りにされた。

京都の音禅法要の最中、私は人間が生から死に移行する瞬間か、経過かの変化を考えていた。そしてその変化をかなり自然に受け止められるような気になった。私たちは死によって何か違う物質か粒子になって、存在し続けるのではないか、という気がした。それが読経と音楽の力だったのだろう。

その微粒子になって宇宙に溶け込むためには、人間は、自分の現世における存在などできるだけ残さないのがいいような気がする。自分の銅像を作るとか、自分の作品を残すための文学館を建てるとか、どれも私にとっては、醜い未練であり、この地球への冒瀆《ぼうとく》だという気さえする。誰もが、自分の存在を記録したいと狂奔したら、どういうことになるのだ。地球上は銅像と記念館だらけになるだろう。他人の記憶や公共の土地を占有しようとするのは、無礼な話だ。

名前など儚《はかな》いものだ。歴代の総理大臣を、私たちはその時はよく知っていた。彼らは当時いつもテレビに登場した重要人物だった。しかし今その名前を聞いて感動する人はどれだけいるだろう。その人が生きていればまだしも、亡くなった総理の名前を聞くと、「ああ、そういう人もいたわねえ」と言うだけである。

私はベストセラー作家になったことがないのでわからないのだが、どんな作家も数十年経《た》てばほとんど忘れ去られる。もちろん数十人、数百人の人が、「今でも好きでよく読みます」ということはあるだろう。私の死後も四、五人の人が、「ああ、好きで読んでましたよ」ともし言ってくれたら、それは望外の光栄だ。しかし忘れ去られて当然なのである。

死後自分の家屋敷や遺産を利用して、記念文学館を建ててほしい、という遺書を残す作家がいるが、これも人困らせである。その邸宅がすばらしい建築で、土地も眺望のいい場所だったりすると、市は今は遺贈を歓迎するかもしれない。しかし同じ運命が待ち受ける。年々歳々、入館者は減り、文学館の建物には毎年維持費と人件費が掛かり、市の財政を圧迫する。こうした人迷惑は、その当人が自分は偉大な作家だと勘違いをするところから始まるのである。その人の残照が残るとしても、ほんの数年だけだ。

しかし消えて行くことの美は完璧だ。もし残るとしたら、作品の力だけなのである。ルーブル美術館の大階段の踊り場におかれた「ニケ（勝利）」の巨大な羽をもつ躍動的なトルソは、作者名もわからないが、永遠の生命力で今も見る人を圧倒する。名は残らないが美は残るのだ。

稀代《きたい》の殺人鬼やテロリストだったという名を残さずにこの世を去ることができただけで、

私の生涯は大成功なのである。そういう意味で、私も私の友達も、多分ほとんどの人が、人生の成功者になれるのである。

澄んだ眼の告げるもの

身の回りに起きる詰まらぬことを楽しむ

サマセット・モームというイギリスの作家は一八七四年にフランスの英国大使館の顧問弁護士であった父の息子としてパリで生まれた。私は若い時からこの作家が大好きであった。その作家の作品を読むことで、私がほんとうに楽しみ人生を味わうことがあるとすれば、モームが第一である。ドストエフスキーもシェークスピアも、どこか努力して読まねばならない点があってこうはいかない。

私は若い時から自然にというか、運命的にというか、東南アジアを歩くことが多かったので、自然モーム的世界によく触れることになった。しかしそれとは別に、私の外界の受けとめ方がモームとつくづくよく似ていると思うことが多いのである。ほとんど至るところ、ということは、ここは違うと思うところもはっきりしているということだ。その鮮明な違いも快い。

モームはフランス訛りの英語と吃りで苦しんだというが、私は吃りではないが、モームのようにフランス語もドイツ語もできない。しかし二〇一〇年の四月に、東京大学名誉教授、行方《なめかた》昭夫氏によって『モーム語録』という抄録集が出版された。私の知らない部分もたくさんあるし、忘れているディテールもあるが、改めて一人の作家を通して自分の人生に思いを馳《は》せることのできる快い刺激をたくさん受けた。

モームは老年自体にも辛辣《しんらつ》な眼を向けている。老人は、自分と同じような年頃の人たちとつきあうように心がけるべきだ、と言いながら、それが多分楽しくないことだろうと予告もしている。

「招かれた者がみな片足を半分棺桶《かんおけ》に突っ込んでいる者ばかりのパーティに招かれるのは、本当に気が滅入る。馬鹿は年をとっても相変わらず馬鹿で、年寄りの馬鹿は若者の馬鹿よりはるかに退屈だ。寄る年波に負けまいとして、ぞっとするような軽薄な態度をとる老人と、過去の時代に深く根を下ろしていて、自分を残して進んでいった世間に腹を立てている老人と、一体どちらがより我慢できないかわからない。こうしたわけで、若者には歓迎されず、同年輩の者との付き合いは退屈だということになると、老人の前途は暗いように思えるかもしれない。結局残る相棒は自分だけである。私は、自分自身を相手にすることにもっとも永続的な満足を感じてきたことを、特に幸せだったと思う」

モームは私と似て、パーティ嫌いであった。モームは老齢を理由に欠席することができるようになった一種の幸運を喜んでいるが、私はまだ老齢に達する前から、パーティに出席しなかった。止《や》むなく何かの理由で出席すれば、途中で逃げ出すことをモームと同じように考えている。

その結果、残るのはごく身近な周囲と、自分だけだ。自分の周囲の世界は、老人の常としてけだるく座っているだけでも見える。私など近視が治って、かなり遠くのものまで見えるようになったので、座して見える世界だけでけっこうおもしろいのである。

観察に最も適した相手は実は自分なのである。自分が観察者であり、同時に被観察者である。実のところ私などは、自分の周囲の人生を眺めるだけで手いっぱいなような気がする時がある。遠くは意味が薄くなるし、眼が霞《かす》んではっきり見えません、などということにも解放感を覚えている。

モームと私がとりわけ似ていたのは、長い人生の間に誰とつきあうか、ということだった。私は一作家としてなら無縁のはずだった世界的有名人に、かなりたくさん会った時代がある。六十四歳から七十四歳までの九年半、日本財団の会長を務めたからである。作家曽野綾子が会ったのではない。日本財団会長という立場は、フランス大統領にもアメリカの元大統領にも、アフリカの国王にも現大統領にもお眼にかかるというだけのことだ。イギリスの王子さえ財団をお訪ねくださった。それは私のような「やはり野におけ」という言葉が一番ぴったりしそうな立場の者には、法外な光栄というべきだろうが、私が最も情熱を注いでいる創作の世界には全く寄与しなかった。私は「偉い人に会った会見記」を、簡単な日記以上の情熱で記したことはない。スワジランドの国王の王宮も、近代と伝統が強烈に共存していておもしろかった。ウガンダのムセベニ大統領も、ガーナの元大統領のローリングス氏も実に闊達《かったつ》な小説的な人物だった。しかし私の作品には登場しなかった。その理由をモームはきちんと代弁してくれている。

「作家にとって、無名の人のほうがより肥沃《ひよく》な畑である。その意外性、特異性、無限の多様性は、限りない材料を提供してくれる。偉人は首尾一貫していることが非常に多い。凡人は矛盾する要素の塊である。これでもか、これでもかというように尽きることなく、驚かせてくれる。無人島で一カ月を過ごすとなったら、総理大臣より獣医と一緒のほうがずっといい、と私は思う」

またモームはこうも書く。「私が旅をするのは、人と会うためである。しかしお偉方は避ける」。これはまさに私も百パーセントその通りにして来たことなのである。私は財団の幹部の一人に、有名人に会う仕事をできるだけ押しつけて、私自身は貧しい土地を歩いて、その付近にいる人たちと接することを選んでいた。つまり私は自分の仕事を優先していたのである。有名人たちは首尾一貫しているというより、首尾一貫している部分しか、外部、ことに国際社会には見せない。ほんとうは個人的に人種上の相剋《そうこく》に悩んでいたり、土地のおおらかな習慣だといえばそれまでだが平気で時間にだらしなかったりする。自国で農業会議を開いた時、客人として来ていたカーター元アメリカ大統領を始め、アフリカ各国の首脳を一時間半も待たせた主催国ウガンダの大統領ムセベニ氏が、その一時間半の間何をしていたかは、ほんとうは充分に小説的だ。作家は妄想としてその一時間半の物語を創ることはいくらでもできるが、それはやはりあまり紳士的なやり口ではない。

つまりモームも私も、身の回りに起きた詰まらぬことを、充分すぎるほど楽しんで来たのである。世間の人は、きらびやかな王室や、南仏の豪華な別荘族や、アラスカで千八百キロを走らせる犬橇《いぬぞり》レースの優勝者や、ウォール街で巨額の富をなした人などが、小説の主人公としてふさわしいように思っている。事実日本にも、はっきりとそれとわかる政界や財界の大立者《おおだてもの》を主人公として、その裏面や悪を暴くような小説で、大ベストセラーになる本も時々はあるようだ。或《ある》いは小説化された歴史的人物の生き方から、我が人生の身の処し方を学ぼうとする人も世間に多い。

しかし私は、伝記小説の真実性を全く信じない。私自身のことで、起きたことのないことを真実として書かれたことがあまりにも多いからだ。まだ生きている私でさえそうなのだから、名の知られた歴史上の人物の生涯が、実はこうだったと後になって他人が書くのは、百パーセント正しくないだろう。第一憶測で書くのは無礼である。そこに書かれていることは教訓にもならないし、無理にそこから学ぼうとしたら、とんだ軽薄な行為になってしまう。

これ以上何を望むのかと、しっかりと自分に言い聞かせる

私は自分の視野の中に見えることで、たちまち短編ができる、と思うことがあった。モームの作品も、完全に創作だという態度を取りながら、人生の或《あ》る真実、それもこの辺に転がっている平凡な事実の魅力を伝えている。それは多分、書かれている事実と光景が、非常に普遍的な、つまり平凡なものの場合が多いからだろう。働き者は善人、怠け者は悪人とする古い道徳に真っ向からメスを入れた『蟻《あり》とキリギリス』や、平凡に流される運命の中に小さな幸福を見つける達人を描いた『漁夫の子サルヴァトーレ』や、先入観に曇らされる人間の眼の暗さを見せつける『詩人』や、小さな個人の生活に介入された時に爆発する人間の怒りのすさまじさを見せる『奥地駐屯所』など、私たちの周辺にいくらでもあるテーマを、モームは大切に描いたのである。

だからモームにとっても「人間を観察して私が最も感銘を受けたのは、首尾一貫性の欠

如していること」であった。私もまたモームと同じように「私には鋭い観察眼があり、他の作家が見落としている多数のものを見ることができた」と自信を持って言いたいと思う時もあり、そんなことも気がつかなかったかと我ながら自分に呆《あき》れる時もあったと言う他はない。両方の才能があったからこそ、私は多分作家になれたのである。

こうしてたくさんの人生を見ていれば、人は、自分の生涯の何倍も生きて来たと思うようになる。若死にした友を思って、「あいつはかわいそうなことをした」と言うなら、モームほど多彩な人生を見て来たという自覚があれば「よくぞこれほど生きて来た」と思えて当然だろう。

現実のモームは九十一歳まで生きて、生きることに疲れたというけだるげないい文章を書いている。

「もうたっぷり経験しましたよ。すべてのことをあまりに何回もしすぎた、あまり多くの人を知りすぎた、あまり多くの本を読みすぎた、あまり多数の絵や彫像や教会や豪邸を見すぎた、あまり多くの音楽を聴きすぎた、と思う日があります。私は不滅の生命を信じていないし、望んでもいません。静かに苦痛なく死んで行きたい。最後に息を引き取ったとき、自分の魂が願望や弱点もろとも無に消えるということで満足です」

私はモームと違って死後の運命に注文を出す気もない。ただどんな運命も、平凡な人間として、大多数の人と共に従いたいと思う。しかしこの文章の前半は教訓的である。私たちは多くの人に会うことも、本を読みすぎることも、絵や彫刻や教会や豪邸を、所有することはできないが、見すぎることは確かにその気になればできる。音楽を聴きすぎることも今日《こんにち》の日本では可能だ。そのようにして私たちは現世から多くを贈られ、これ以上のことを何を望むのかと、しっかりと自分に言い聞かすことはできるのである。

改めて平和を

老いても、料理をすることの重要さ

二〇一〇年六月半ば、夫の姉が亡くなった。もうすぐ八十八歳という年だったから、女性の平均寿命を生きてくれたのである。最後まで設備のいい高齢者のホームで、みじめな暮らしをせずに済んだ人であった。夫に先立たれ、子供はいなかったが、七十歳近くまで大学の先生をしていたので、自分の専門的な知識もあり、読書の楽しみも知っていた人であった。

義姉は中年から既に健康とは言えない人だった。持病が七つあると自分で言っていたくらいである。喘息《ぜんそく》など呼吸器にも問題があって、長い年月ステロイドを使っていたのが、一番の重篤な障害に見えた。骨粗鬆症《こつそしょう》になっていて、身長が十五センチ小さくなったという。夫は姉がこれほど生きられるとはむしろ思っていなかった節がある。

数日前、私たち夫婦は姉の納骨を済ませた。私たちの家には「理想的」なお墓がある。「理想的」というのは次のような理由からだ。

私たち夫婦の四人の父母のうち、一番先に八十三歳で亡くなったのは私の母であった。彼女の死をきっかけに私たち夫婦はお墓を作ったのである。母は私の父と離婚していたので（そして私の父は再婚したので）、父はその二番目の夫人と別のお墓に入る予定であった。

その次に、夫の母が八十九歳で、数年後に九十二歳で夫の父が亡くなった。すでにそうした人々が一つのお墓に入っているので、私はそれを「理想的」と感じているのである。

仏教的な習慣では、姓の違う死者は○○家の墓には入れないという。しかし私たちはカトリックなので、墓石には家名を入れなかった。そこにはただ限りある生を生きる人間としての二つの祈りが刻まれているだけである。私たちは縁あってこの世で一家を形成して生きたので、死後もしばらくの間はいっしょにいよう、と考えたのであった。今回義姉のお骨は亡くなった夫の墓に入るのだが、分骨は私たちのお墓に入れて、そこで再び父母といっしょに眠ることができたのである。

しばらくの間いっしょ、というのは、いずれはすべての墓は無縁かそれに近いものになると私は思っているからである。エジプトのファラオの墓は、死後の暮らしに必要な物まで備えた豪華なものだったが、それでも合法・非合法さまざまな盗掘者がその静寂を侵した。副葬品を盗んだだけでなく、ミイラまで持ち去った。ミイラが薬として売れた時代もあったのだという。最近クレオパトラの墓が判明するだろう、と言われているが、クレオパトラでさえ遺骨の所在はわからなくなる。

誰もがいつかは名もなく大地に帰る。有力者の場合は、多少周囲に記憶される時間が長くなるかもしれないが、それもわずかな差である。私たちの先祖に当たるすべての人たちが大地に帰《き》してなくなるという同じ運命を辿《たど》ったのだから、私たちもその例に倣《なら》うことは少しも悲しむべきことではないのである。

義姉の場合、ごくごく平凡なカトリックの葬儀をし、少しの紛争もなしに遺産相続の手続きを済ませたが（私たち夫婦は全く何も相続しなかったのだが）、それでも夫は少し疲れたようである。冠婚葬祭はすべて疲れる。「何もない、だらけた日常が最高ね」と私は無責任なことを言う。

しかし義姉の最後の一カ月を考えると、私は感謝の他はない。老人ホームでは、二十四時間ケアが必要になると病棟に移してくださった。そこは、義姉がいつも住んでいた部屋より明るくて生き生きしているくらいだった。男女の若い看護師さんたちが立ち働いている。ポーランドから来てもう十年以上になるという笑顔の優しいシスターもいる。

そこでは、もう半ば意識もない病人でも、普通に生活していた時と同じような生活が続けられていた。時間になると体のお清拭《せいしき》も行われる。死ぬ瞬間まで、できれば日常性が続くことが幸せなのだ、と私は三人の父母を見送った時に感じたのだが、それが可能だったのは何故なのだろう、と私は考えた。

一つは確かに経済力であろう。義姉は生涯自分で働いてお金を溜《た》めていた。だから誰にも経済的な迷惑をかけなかった。老人ホームに入ったのは七十七歳くらいの時である。

義姉は私と違って社交的な性格で、ホームでも一応お仲間と打ち解けていた。しかし私が一つだけ気になったのは、全く料理をしなくなったことだった。極端に言うとお茶も淹《い》れなくなった。午前と午後には熱いお茶が運ばれ、階下に行けば自動販売機があってペットボトルのお茶も買える。長年勤めながら、家庭生活を続けていれば、もう料理など真っ平と思うようになったのだろう、と私は理解しないではなかった。

しかし私の実感では、料理ほど、人間の全神経を使う（精神を鍛える）ものはないのである。自分の好みのものを食べたいという欲求。材料を買いに行くことで世間に触れ物価を常に知っているという状態。作ったら人に食べてもらうという与える姿勢。それらはどれも大したことではないのだが、普通に働いている人間が、大脳の機能のすべてを均等に動員して果たしている作業のような気がしてならないのである。

穏やかな最期のためにも自国の平和を

しかしとにかく義姉の最期が穏やかだったのは、何よりも日本が戦乱に巻き込まれていなかったからだと私は思い至った。

イラクやアフガニスタンなどの戦乱地区では、まず電気が止まる。次に水が出なくなる。

物流が止まって、商品の在庫が偏って来る。つまりないものだらけになるのだ。

水も電気も止まった日常体験が全くない人とか、かつて戦争を経験していてもその記憶が薄れかけた人ばかりになると、水汲《く》み一つが砲撃、銃撃の対象になって命がけになるという現実さえも想像できない。

電気がないと、灯《あかり》がなくなるのは当然としても、冷蔵庫が使えなくなるのはさぞかし不便だろう、と誰もがその辺までは想像つくらしい。冷たいビールが飲めなくなるんだな、買い置きのチーズも腐るんだな、というくらいまでは予測できる。しかし冷蔵庫が使えないということは、ビールとおつまみのチーズの楽しみを奪うだけではない。保存の血液もワクチンもだめになる。義姉の病室には、酸素があまり濃くならないように調節しながら、しかもその酸素を病人が実際に吸っていない場合には、警告音が出るような装置まであった。痰《たん》の吸引を行う器具もあった。それらは電気がすべてその機能を握っていた。

数年前、私の知人が、日本では珍しい破傷風にかかって約一カ月集中治療室に入院して命を取り留めたことがある。破傷風菌というのは嫌気《けんき》性細菌(空気のない無酸素性条件下で生育する細菌)だから、主に水中や土中にいるものだという。戦争中の沖縄などでは怪我の後この破傷風に罹《かか》る人も多かった。アメリカの撃った砲弾が一度地面に入ってから、跳弾の形で飛び出して人を傷つけたような場合、土中から菌を持って出て人間を傷つける。それが病気の原因であった。

私はその集中治療室を見せてもらったのだが、それは大部屋ではなく、広大な個室であった。周囲はすべて機械である。破傷風患者は、交感神経と副交感神経との調整機能がだめになるらしく、ちょっとした刺激でも血圧が急激に上がる。そのためあらゆる刺激を避けねばならないので、暗い中で約一カ月、血圧の変動があればただちに警報の鳴る装置に繋《つな》がれて、病人は生かされたのである。

こんな治療は、平和で先進医療が進んでおり、なおかつ誰でもがその恩恵を受けられるという状況下でなければできないものであろう。もし停電すれば、このような病人は真っ先に死亡するだろう。義姉の場合でも、肺気腫もあったから、痰を取る装置が使えなくなるだけでもすぐに死に到るはずであった。

最近知ったのだが、日本は世界平和度指数というもので、世界で三番目のいい国になった。二〇〇九年は七位だったのだが、二〇一〇年はランクが上がったのである。一位はニユージーランドで、二位はアイスランドだという。

ずっと昔の体験だが、ニュージーランドが「いい国」だということは、初めて旅行した私にもよくわかった。何しろ泥棒というものがいないのである。街道沿いには「オネスト・ショップ」と呼ばれる無人のスタンドがあって、野菜や果物がおいてある。客は自分で好きな野菜を取り、お金を箱などに入れて行く。中には釣り銭用に硬貨がお皿の中にむき出しにおいてある店もあった。つまり悪い人にかかったら、釣り銭をごまかすどころか、売り上げ全部を簡単に奪えるような仕組みなのだが、誰もそういう悪いことをしないのである。

ニュージーランドの家はどれも同じくらいの面積で表庭と裏庭があり、裏庭には果物の木なども植えてあったが、それ以上の豪邸はなかった。お手伝いさんというものを全く雇えないので、豪邸など持っていても仕方がない。夫婦が力を合わせても刈れる庭の芝の面積は、総理の家も沖仲仕の家も同じですから、と説明された。

もっとも小さい声で言えば、私は悪や危険がほとんどないというその平和ぶりに息が詰まりそうになった。ちょっとした泥棒ならいる方がいいような気さえして来た。日曜日になると店がすべて閉まるので、行く所がない。朝には教会へ行き、午後には誰もが同じサイトでバーベキューをする。とにかく朝も午後も全く同じ相手と顔を合わせる退屈さも想像しただけで嫌になった。こういう国と比べたら、平和度で三位の日本国の魅力の複雑さは大したものである。

しかしとにかく平和のおかげで人は穏やかな最期を迎えられる。充分な医療も受けられ、会いたい人にも会え、最後の希望も叶《かな》えられる。平和がなければ皆に見守られて死ねない。だからそのためにも、私たちは自国が戦場になることだけは、何としても防がねばならないのだ、と肝に銘じたのである。

馬とニンジン

晩年はひっそり生きて、静かに死ぬ

私は実際に見たことはないのだが、馬の背中からニンジンをぶらさげた竿《さお》を伸ばして、ニンジンが馬の鼻面の先にぶらさがるように調節しておく。すると馬はそのニンジンを食べようとして走るのだが、馬が走ればニンジンも先へ行くので、馬は永遠にニンジンを食べられないわけである。

これは残酷というか滑稽《こっけい》な図なので、知性のある人間のひっかかる状況ではないだろう。しかし私は自分の鼻面の先に、ほとんど口が届くことのないニンジンがぶらさがっているのをめがけて自分が走る姿を想像しても、あまり情けないとは思わないどころか、この構図を時には利用して、意志の弱い自分を走らせようと企《たくら》む方なのである。つまり私は自分一人で、悪巧みのある飼い主と愚かな馬と、双方を演じられる機能を持ちたいのである。

人間は、死の直前まで、自分を管理すべきだと私は思っている。別に偉いことをしなさい、というのではない。徐々に衰え、最後には、口もきかず、食欲も失い、ただ時間が死に向かって経《た》っていくようになることは、自然だ。しかしどんな場合でも、できれば人は他人に迷惑をかけず、密《ひそ》かに静かに、死ぬという仕事を果たしたらいいと思うのである。

自然にそのような状態に移行するためには、却《かえ》って日々刻々目標がいる。つまり馬が鼻先のニンジンを食べようとする、あの行動だ。少なくとも私はそうである。私はいつも分単位か時間単位か、その日一日単位かで、目標を決めることにしている。それが道徳的にいいと思っているのではない。その方が楽だからだ。漠然と時の流れに身を任せるということが、人間が小さいので、できないのである。

それは次のような感じで行われる。この飲みさしの湯飲みを流しで洗ったら、次に空になっている薬罐《やかん》に水を満たしておこう。これが分単位の目標である。

次に溜まった新聞を読み、古新聞として溜めてある場所に捨てる。それから畑に出て百合の花を切り、家中の花瓶の水を換え、朽ちた花を始末して活け直す。これが大体、次の時間単位くらいの目標だ。

ほんとうにこうした計画がないと、私は暮らせない。行動が支離滅裂になって、何をしているのかわからなくなる。だからこうして計画的に家事もするのは、他人のためではない。自分のためなのである。

人の中にはいきなり死を迎える人がいる。若い時の突然死や、まだもっと生きるつもりでいた人の急死である。しかし多くの人は、予兆の中で何年かは生きる。次第次第に運動能力が弱まり、疲れ易《やす》くなって多くの仕事ができなくなる。

私が最近、お風呂に入ってから寝仕度をする時、「今日はお風呂をさぼろうかなあ」と思う日があるようになったのは、まさに加齢のせいなのである。しかしその時、放っておけば、私はすぐ入浴をさぼり、ついでに寝間着に着換えることさえ、さぼるようになるのではないか、と思う瞬間がある。だから仕方なく私は自分に抗《あらが》うように目標を立てる。

なぜ目標を立てるか、というと、その方が私は静かに暮らせるからである。静かに、というのは、乱れず目立たずに生きてやがて死を迎えるためだ。私は晩年の目標を、できたらひっそりと生きることにおきたい、という点にかなり心を惹《ひ》かれているのをこの頃しみじみと感じる。

もし私が目標を立てずに生きていると、私は不潔になったり、病気になったり、異常にやせたり太ったり、家の中が乱雑になったりすることで、つまりはひどく目立つような存在になりそうな気がするのである。

遺品の始末をしやすいように、ものは捨てる

先日二人の子供を放置して家を出て、結局子供たちを死なせた女性のマンションのベランダの光景がテレビに映し出された。今どき、あれくらいの乱雑な家はいくらでもあるのかもしれないが、ベランダはごみ捨て場だった。買って来て食べた後の弁当殻のようなものもあったように思う。食物の残りがこびりついたままの弁当殻は、夏なら腐敗して臭気を発し、やがて人の注意を惹くようになる。これも一つの目立つ理由である。

私も若い時は、結構書斎や台所を、乱雑にしておいたものだった。しかし年を取るに従

って乱雑さは、体に応えるようになった。本の上に本が載っかっていると、その下にある目指す本が心理的にも取り出しにくくなる。雑物の間を歩けば、ものに躓《つまず》いて転びそうになる。その結果、狭い居住空間を広くするためにも、ものは少なくしなければならないということがわかって来る。つまり生活は単純でなければならないのだが、そのためには捨てる、並べる、分類する、というような作業が要るのである。このことがわかったのは、加齢によって極めて自然な意識の変化が生じたからである。

ごく最近、或る日私は、古今東西の哲学者も、これほどすばらしいことは考えつかなかったろうと思われるような偉大な智恵を思いついたのだ。それは一日に必ず一個、何かものを捨てれば、一年で三百六十五個の不要なものが片づく、ということだった。これを思いついた私は天才ではないか！　と思ったのだが、まだ誰もホメてくれた人はいない。

しかし私は、毎日ではないにしても時々このことを思い出して実行している。一個でもものを捨てて生活を簡素化すれば、それだけ効果は出るはずだ。これを死ぬまで、一年でも十年でも続ければ、それだけ私の死後、遺品の始末をする人は楽になる。

ロシア系ユダヤ人を両親にフランスに生まれた哲学者のウラジミール・ジャンケレヴィ

ッチは、一定の長い時間をかけて死をもたらす二つの要素として、倦怠《けんたい》（主観性）と老化（客観性）を挙げたが、偶然私が自分の鼻先に意識的にぶらさげたニンジンに辿り着こうとする愚かな目標を作ったことは、この二つの要素に、弱々しく抵抗するものなのである。

倦怠という状態は、実に高級な魂の反応を促す場だということを私は昔から知っている。倦怠の中でこそ、人は自分で自分の魂の生き方を選ぶ。アウシュヴィッツの強制収容所や、中国の社会主義社会の中では、人は倦怠など許されない。生きるために、権力の追い立てる方向にまっしぐらに走らなければならない。しかし倦怠はまた、徳を乱す場でもある。姦通《かんつう》に走ったり、浪費を生きるよすがにしたりする。そんな見え透いた経過が恐ろしくて、私は、倦怠など一日も感じたことがないような生活に、半ば意識的に自分を追い込んで来た。倦怠が実は、偉大な精神の誕生の場かもしれないと思いつつも、倦怠という時間を生かせなかった場合の怖さを考えて、私は卑怯《ひきょう》にもそれを回避して来た。

目標があれば倦怠ということはないのだし、目標に従って労働をすれば、いくらか鍛練になって肉体の老化も遅らせることができる、ということかもしれない。

できたら目立たずに老年を送る、という点に話を戻せば、これは純粋に趣味の範疇《はんちゅう》に属することであって、善悪でも道徳でもない。

大方の世間の人は、目立つことがその人の資質の偉大さを示す要素だと考えることが多いようだ。だから天皇陛下や総理大臣にお会いしたり、叙勲されたりすると知人を招いて祝賀会を開き、高価な記念品を配ったりする。しかし私の見る所、老人になって真に力をもつ人は、沈黙し、目立たない暮らしを愛している。そのことを私は体験によって教えられたのだ。

私は何度か団体で外国旅行をしたことがあるが、その中で体力、知力において、年相応の若さを保っている人は、その存在が目立たないものだ、ということを知った。人間はグループの中で、普通の速度と自然な姿勢で歩いている人のことは、ほとんど注意を払わない。歩きが遅かったり、車椅子だったりする人がいつも気になる存在になるのである。

意識の働きも同じだ。ごく普通にグループに混じって行動できる人のことは、誰もあまり気にしない。一人遅れたり、買い物の時お釣りを貰《もら》えなかったり、忘れものをしたり、やたらにトイレに行きたがったり、不自然な高笑いをしたりすると、そこで初めて目立つ存在になるのである。

できれば目立つ存在にはなりたくない、と私はそれでもおしゃれのつもりで考えたのである。ごく普通の、空気のように、いるかいないのかわからないような人が、老年としてはしゃれている。

持って生まれた性格が私のように悪かったり、生来お喋《しゃべ》りだったりすると、この影のような密かで美しい老年にはなかなかなれず、それは死という消滅の状態への最も自然で粋な移行がなかなか素直に行かないということに繋がるのである。

微笑《ほほえ》んでいる死

モミジの潔い生き方

二〇一〇年九月六日付の毎日新聞に、「コラムニスト兼某社勤務」とご自分の肩書を書いておられる小林洋子さんが、「マングローブの黄色い葉」というエッセイを書いておられた。私はガーデニングが好きなのだが、ほとんど夜学で必要な知識を覚えた。つまり夜、寝る前に少しずつ植物の本を読んで行ったのである。だからどなたの書かれるものでも、熱心に教科書として読む癖がついている。小林さんのエッセイも、その一つだ。

この方は、夏休みに西表島《いりおもて》に行った。緑のマングローブの繁《しげ》みの中に黄色い葉も見える。マングローブも黄葉するのですか、という質問に土地の人は、「いえ、あれはオヒルギの、塩《えん》をためた葉です」と答える。

マングローブは、「海水が混じる水域に生育するので、塩分を根の細胞膜でろ過する。それでも吸い上げてしまった塩分を、木は生きていくために、特定の葉に集める。塩が十分にたまるとその葉は黄色くなり、やがてポロリと水面に落ちていく。

せつないではないか。選ばれるのは古い葉なのであろう。塩分を一身にため、木や他の葉たちを守るために落ちていく老兵を思い、涙する」

ヒルギは貴重な木である。

かつて私は暑いトルコの巨大なアタチュルクダムで、このダムも次第に水位が下がっている、ということを聞いた。つまり流入する水が少ないのに、巨大な湖面から絶えず水が蒸発してしまうからだという。

「何とか方法はないものでしょうか」

と私は日本に帰ってから土木の専門家に尋ねた。私は長い年月素人なのに土木の勉強をして来たので、私の無知に辛抱強く答えてくれる先生もいるのである。

「まあ、蒸発を防ぐことでしょうなあ」

「で、それにはどうしたらいいんでしょうか」

「ダムに蓋《ふた》をすることですなあ」

これは正論ではあるが、冗談なのか、絶望の表現なのか私にはよくわからなかった。しかしとにかく蒸発を防ぐには、蓋まではいかないまでも周辺に木を植えることは効果的であるらしい。しかしアタチュルクダムの近辺は、木一本生えていない暑い暑い荒れ地であった。

そもそも私はそういう土地についても無知であった。アフリカも同じなのだが、年に九カ月はカンカン照り。残り三カ月だって毎日雨が降るわけではない土地というものは世界中に多い。水がなくて作物が作れないのなら、水溜まりだか農業用水の池だかを掘って水を溜めておけばいいじゃないですか、と言うと、「その考えは大きな間違いなんですよ」と言われた。簡単に水溜まりを作ると、そこに塩が集まって、周囲の土地まで使えなくなる、というのである。

そんなおそろしい状況は日本では考えられない。荒れ地というのは、塩が集まってしまった土地で、そういう光景を私たちはあまり見たことがない。水稲の連作が可能なのは、毎年毎年、畑を水で洗い流しているからだ、という。

「そういう塩の強い荒れ地には、植えられる木はないんですか?」

と当時私は会う人ごとに尋ねていた。その答えは数年後に与えられた。まじめな優しい人がいて、私の質問に答えてくれたのである。塩分に耐えて生きるほとんど唯一の木はヒルギであった。つまりマングローブである。そして今、私はマングローブについてまたあらたな知識を教えられたのであった。マングローブといえども、塩水を無限に消化するものではない、ということである。

七十代半ばに足を折ってから、私は現実に農業をする機能に欠けてしまった。足首がまだ自由には動かないのである。しかしその道に関心があって生きていれば、知識もそれなりに自然に増える、ということであった。これは財産が増えるような、貯金通帳の数字が増えるような楽しいことだった。

マングローブではないが、私の家には、樹齢百年に近いモミジの木がある。九月頃では、そのモミジの葉はまだほとんど緑なのだが、その中に幾枝か赤く、それこそ紅葉しているのか、と思う枝がある。

モミジは、ほとんど整枝というものの必要のない植物だが、もしどうしても切りたい時には、決して鋏《はさみ》を使ってはいけないよ、と私は教えられていた。普通木の枝というものは、完全に枯れていれば別だが、生乾きの時でも簡単に手では折れない。しかしモミジに限って、木は自分で不必要な枝だと思えば、風で自然に折れるようになっているのだ、という。

モミジに対する私の愛着はそれ以来いっそう強くなった。紅葉もきれいだが、私は夏にも「真っ青」と言いたいほど瑞々《みずみず》しい若緑を保ち続けているモミジを庭に植えて、素麺《そうめん》や冷や麦を冷たいおつゆで食べる時の彩りにしていた。しかし聞いてみると、モミジはもっともっと、潔い生き方をしている植物なのであった。

既に書いていることなのだが、どうして日本人は、子供にも小学校で、もっと農業の基本を学ばせないのだろう。植物の生き方を知れば、そこには、生は死に繋がり、死は生を生み、その連鎖反応以外に、総体としての生物の命はない、という哲学を知るのである。

今、世間では有機野菜というものが大流行《おおはや》りだ。もう三十年以上前、私が素人の畑造りを始めた頃、世間は無機肥料と農薬に頼り切っていた時代だった。とにかく始末のいい、粒状の硫安《りゅうあん》などの化学肥料をどさっと畑にぶちこめば、作物はうんと採れる。虫を防ぐためには、農薬を撒《ま》けばいい。これで戦前からの問題は解決だ、という空気が一般にはあったような気がする。

しかしまもなく化学肥料と農薬では、土地の力が死に絶えることがわかった。そこで有機肥料の登場である。有機は、つまり生物の死体を利用することだ。腐葉土、腐植土、名前は何でもいいのだが、ようするに、落ち葉の腐ったもの、排泄《はいせつ》物をうまく利用することである。

今の若い人たちには想像できないことだろうが、戦前の日本のトイレは水洗式ではなく、貯蔵式で、汚物は床下に溜めておく。だから匂いもしたし、ハエが直接汚物に触れることもあった。それで小児麻痺《まひ》などという病気にも罹ったのである。

私の学校は外国人の修道女たちによって経営されていた。彼女たちは日本に上陸するとすぐ、芝白金《しろかね》三光町という今では町中《まちなか》（しかも山手環状線の内側）としか思われていない住宅地に四万坪という広大な土地を買い、そこで学校、修道院だけでなく畑も作っていた。ミレーの「晩鐘」の光景みたいな畑が出現していたのである。

修道女たちは、牛も飼っていた。

「え？　白金三光町で牛を飼ったんですか？」

と聞かれると私は、

「ええ、まあ当時は地価も安かったですしね」

などと曖昧《あいまい》な返事をしているが、牛を飼うには必然があったのである。当時の日本人の畑の肥料はすべて「下肥《しもごえ》」と呼ばれる有機肥料、つまり人糞《じんぷん》である。今の人たちには考えられない生活であった。だから当然食物にも寄生虫がついて来る。子供たちは毎月初めには、駆虫剤を飲まされたし、小児麻痺の原因でもあった。

外国では、人糞を使わなかった。牛やニワトリの糞が肥料だったのである。人間の糞は汚くて、動物の糞ならいいというのも、いささか矛盾があるような気はするが、牛は草食、ニワトリは雑食動物である。私も牛糞や鶏糞をよく使い、それを手でいじることにも馴《な》れてほとんど違和感を覚えなくなってはいるが、同じ雑食動物なのに、人間の排泄物はひどく汚いと感じる理由を、実はほんとうにはわかっていない。とにかく外国人修道女たちは、当時畑を作る以上、肥料を確保するには、どうしても牛やニワトリを飼ってその糞を使わねばならなかったのである。

私には死ぬという任務がある

誰かが犠牲になって死ななければ、その種《しゅ》は生きられない、という宿命は、自然界ではのっぴきならないこととして承認されている。カマキリの雄が、交尾の直後に雌に食い殺されるという運命は、別にカマキリの根性が悪いからではないだろう。交尾して種を残した後も一生雌雄が仲良く添い遂げるという動物もあるのだが、死なない動物はないのである。

戦争中、兵隊として召集され、徴兵拒否もできず、戦地で死んで行った若者たちを思うと、私たちは胸が痛いが、アリもハチも、自分の巣を守るためには疑いもせず、反抗もしないで死んで行く。別にいいことをしたアリやハチが生き残り、戦闘好きな個体が死ぬというわけではないし、このアリの攻撃は軍国主義的で、反対のアリは平和主義だったというわけでもない。アリもハチも、生物学的な運命の中に、そうした計画の一部として組み込まれているのである。

命は誰かが死ななければ生きないのである。聖書では、「一粒の麦」という形でそれが出て来る。一粒の麦がそのままだったら、何も生えてこない。しかし一粒の麦が死ぬからこそ、そこから新しい命が芽生える。それは一粒の麦にとって無為な死に方ではなく、生きるための死なのである。

私たちの生涯もそれに似ている。人間の運命は、自分が死ぬからこそ、誰かが生きられる、というわけではない。しかし最近、私は時々、私は死ななければならない、私には死ぬという任務がある、と思うようになった。

すべての事象と物に、新旧命の交代という力が働く。モミジの木が自分で要らない枝を風の力で払うように、地球上では、老いと古びたものが、新しい命に席を譲る。それが自然なのである。

死はだから、無為ではない。

ゴッホは晩年の作である「刈り入れ」という作品で、麦も麦畑も太陽もすべて金色の絵の具でごってりと塗りつぶした。そしてサン・ルミーの精神病院の病室から死の前年、弟テオに書き送っている。

「刈り入れは麦にとっては死だ。しかしこの死は悲しいものではない。万物を純金の光で照らす太陽とともに進んでゆくのだ。僕が描こうとしたのは、『このほとんど微笑(presque souriante)している死』だ。そして人間もまた、この麦のようなものかもしれない」

こうした事実は、ヴァチカン諸宗教対話理事局次長として長くヨハネ・パウロ二世に仕えられた故・尻枝《しりえだ》正行神父の著書『永遠の今を生きる』から、私は教えられたのである。とすると虚《むな》しいのは、せっかく刈り取られても命の芽生えない麦だということになるだろう。病んでいたり、豊かな実として充実していなかったり、食べた人に「これはずいぶんまずい痩せた麦だね」と言われる麦も死に甲斐《がい》がない。

もし麦の粒が充実していたら、それは命の終わりではなく、形を変えた継続になるのである。とすると、私たちの死後の意味を支配するのは、生の充実にあると言わなければならない。

死後、人の命は誰かの命に移行するのだから、生前から人は、利己主義であってはならないのだろう。受けることばかり、得になることばかりを計算する人ではなく、多く与えることのできる人になるにはどうしたらいいか、自分を練る他はないのだ。

尻枝神父は、その本の中で次のようにも書いている。

「特に人生の黄昏《たそがれ》にある私の恩師や先輩方が、今なお修道生活の模範と兄弟愛の証《あか》しを立て続けておられる姿に感動させられます。それは夕陽に映えるローマの遺跡にも似て神々《こうごう》しいです。聖書に『夕暮になってなお光がある』（ザカリア書14・7）という言葉がありますが、彼らの曲がった背中に、一生賭けて磨き上げられた愛の光を見る思いがいたします。よき友に恵まれました」

私は尻枝神父にローマの町並の色に関する規制の話を聞いたことがある。日本では、自分の家の壁を、「何色に塗ろうが、私の勝手じゃないの」という気風がある。最近ではあまり奇妙な色に塗ると、近隣の人たちから文句が出るということもあるらしいが、それでもかなり自由である。

しかしローマでは、夕暮時に、自分の手を眼の前に差し伸べて、その指の色に近くなければならない、となっているのだそうだ。つまり赤、緑、黄、紫、紺、黒などという色を外壁に塗ることは考えられないということだ。

人間の肌の色に近い色に統一することを承認するのは、謙虚さの表れだろう。つまり自分もまた、多くの人間と同様の肉体を持ち、人と同じような感情に苦しみ、似たような愛を持ち、ほとんど代わり映えもしない生涯を送るということを納得することだ。それより自分がかけ離れた存在であろうとすると、とんだ間違いをしでかすということだろう。だからローマの夕暮は限りなく、温かく穏やかで謙虚である。そこでは生者と死者が、同じような時間に包まれている。生前に抱いた野望も憎しみも消えれば、生者と死者はほとんど同一の優しさに満たされることになる。そして人々が記憶しようがしなかろうが、時間は永遠だ。

限りなく同じような人として生きる運命を認めた上で、しかしそこにいささかの違いを作ることは可能かもしれない。

一日一日をどうよく生きるかは人によって違う。憎しみや恨みの感情をかき立てて生きる人と、一日を歓びで生きる人とは、同じ升《ます》に入れられる時間でも、質において大きな違いが出てくるだろう。

自分のことだけで一日を終わる人は、寂しい。しかし他者の存在を重く感じ、その幸福をも願う人は、死者さえも交流の輪に加わっていることになる。尻枝神父がご自分の周囲のすばらしい人たちの最期に触れ、「微笑んでいる死」というものがある、と実感を持って語っているところである。
そう思ってみると、死はそれほど恐ろしいものではない。死を恐れるのは、死を前に何もしなかった人なのだろう、ということになる。
インドのイエズス会の修道者だった故Ａ・デ・メロ神父はこう書いた、という。
「精いっぱい生きる日が
もう一日与えられているとは
何と幸せなことだろう」
それ以上の計算は、人間には必要ない。病んでいる人は病んでいるままに、悲しんでいる人は悲しんでいるままに、今日を精一杯生きるだけなのである。

週末病

動けないほど疲れるようになった私

若い時には、全く気がつきもしないようなことがある。その一つが、死は或る時、突然襲うものだという考え方をしていたことだ。

もちろん二十歳《はたち》の青年が、事前に何の体の変調も感じないままに、或る夏の海で突然死ねば、その死は急に襲ったものである。しかし多くの人の自然死は、突然襲うのではないのだ。

この頃、私は時々ひどく疲れてしまって動けなくなることがある。お風呂に入り、歯を磨いて寝ればいいのだ、とわかっていても、それをするのが億劫《おっくう》なほど疲れるのである。

「もう肝臓がんになったような気分よ」

と私は淋巴《リンパ》マッサージをしてくれる女性に言う。

「働きすぎなのよ」

とマッサージ師は私に訓戒を与える。

「当然よ。もういい年なんだから」

「そんなことわかってます」

「しかしそれにしてもこの体は、よく働いて来た体だねえ」

と彼女は言う。こんな言葉を言ってもらえるなんて、私は信じられないほど嬉しい。

「そうお？　誰一人として、そうは思ってないのよ。一日中、椅子に座ってゲイジュツ家だけやっていて、お茶一つ淹《い》れない人だと思われてるんだから」

この部分はもう少し正確に言わなければならない。実は私は、一生に一度もおいしいお茶を淹れたことがないのである。私は気が短いので、お湯をゆっくり冷ますという時間に耐えられない。だから「お茶一つ淹れたことがない人間」という評価は、或る意味で正しいのである。

私にとって「一生よく働いた体」という言葉は、若い時から毎日野良《のら》に出て、九十歳を過ぎてもまだ背負い籠をしょって、毎日山の上の畑に行くというような人を連想させるのである。私がその人と似たような一生を送りつつあるというなら、私の生涯もかなりのものである。

「少し休んだ方がいいわよ。とにかく疲れてるんだから」

「はいはい」

私は生涯で、なぜか肝臓がんになった人を数人身近で見た。彼らの頭は最後まで冴《さ》えていたが、体のだるさは異常なほどらしかった。勤め先から帰って来ても、疲れすぎていてご飯を食べられない、という。どんなに風邪をひいていようが、熱があろうが、原則として食欲不振に陥ったことのない私は、こういう訴えをこの年まで理解できなかった。

「少し休んでから、飯にするよ」

とそのうちの一人は言うようになった後、わずか二週間で亡くなったのである。

その結果、私は名案を思いついた。

「週末は、毎週病気になることにするわ。週末病という病名よ」

「何でもいいから休むことよね」

この不思議な勘を持ったマッサージ師は、私の淋巴がともすれば節毎《ごと》に堅く固まり、体の内部のあちこちに茹《ゆ》で卵みたいな塊を作ることについて、

「まだ医者たちが発見していない奇病だね」

などと言うこともあった。

「でもこれだけ長年体が保《も》って来たのは、普段病気のことを全く考えてないからだね」

「そうよ。冷蔵庫の中の残り物を使ってどんなおかずを作ろうかというういじましいことなら始終考えてるけど、病気のこと考え続けるほど閑人《ひまじん》じゃないから」

「それが一番健康にいいんだろうね」

「ただしその結果、性格は悪くなったのよ」

性格の悪いのは、健康の度合いには一応計算されないからいいのである。

私たちの会話はでたらめのように見えながら奇妙に呼吸が合っているのである。取り立てて問題にするほどもない自然の変化を、私は病気と考えていない。年をとれば、体力や気力に限界が見えるようになって来て当然だ。私は足の骨折の手術を受けた後、朝何が一

番辛《つら》かったかと言って、服を着替えることだった。そんな辛さはそれまで体験したことがない。体中、うまく曲がらないから服を着替えたくなくなったのである。台所まで降りて行って、そこで痛み止めを一錠呑《の》むと、三十分後には痛みはきれいに消える。後はもう、歩き方が多分ギッバタしているのを除けば、まるで健康人みたいになる。私は嫌なことは喉元過ぎればさっさと忘れることにしていた。そもそも、思想的にも道徳的にも、そんなに辻褄《つじつま》が合った人間ではない。その場その場で、何とか生きることが最高と考えている。

老年の衰えは「贈り物」

人間の運動機能は、誰でも次第に衰えるものだろう。私が中年になって一番初めに気がついた変化は、重いものを持つのが嫌になったことだった。それまでは、仕事で地方に行って市場でおいしそうなブリなどを見ると、その場で大きなのを一本下ろしてもらって、切り身に塩をふり、持って帰ったものなのである。しかしどんなおいしそうな魚でも、或る年、もう手に持って帰るのは嫌、という感じになった。

六十歳の頃、同じ年の奥さんが、自分の誕生日に立派な鰐革《わにがわ》のハンドバッグを買った。その方は未亡人だったから、「主人が生きていたら、当然お祝いに買ってくれたろうと思うので買いました」ということだった。私はその話に感動した。

しかし私がほんとうにその女性の還暦を祝いたかったのは、彼女がまだ鰐革のハンドバッグを持つ体力があるということだった。私はもうどんなにすばらしい高級品でも、重い鰐革のハンドバッグはほしくなくなっていたのである。

ありがたいことに最近は、軽い布カバンがはやっているので、私はけっこう流行に便乗できる。かつては、ハンドバッグの大きいのは「おばさん」の証拠と言われたのである。しかしいつのまにか大きなハンドバッグは「おねえさん」の流行になっていた。

或る日、私は渋谷駅から我が家の近くの駅まで電車に乗って、年齢とハンドバッグの大きさとの関係のみを調査することにした。われながら閑人と思われるのはこういう時である。するとむしろ「おばさん」世代の方が、革の小ぶりのハンドバッグを持っていることを発見したのである。

人は個々人の弱点から老化する。私とほぼ同い年でボケてしまった女性は、お財布の中身、つまりお金の価値と、出歩くのに必要な金額とを連動して考えられなくなっている。百円に満たない小銭だけを持って外出し、帰りにはタクシーに乗ろうとするので、それに気がついた友達がとっさにお金を渡して事なきを得たのだが、入居中の老人ホームの玄関に着いて、ほとんど無銭乗車をされてしまうことに気がつく運転手さんも気の毒である。

高齢一般は、トイレに行くにも、顔を洗うにも、その動作のすべてが「何でもない」とは言えなくなってくる。お風呂に入ることも危険になる。ことに旅に出て、普段使い馴れない浴室を使う時には細心の注意が要る。私のように途上国の汚いホテルに泊まり、薄暗い上に、不備極まりない、装置の故障だらけの浴室を使わなければならない者にとっては、浴室は危険だらけの場所である。床が滑る。浴槽の高さが、自宅の風呂と比べて高すぎる。突然熱湯が吹き出る。変なところに（使用者から見れば不必要な）段差がある。そうしたことを事前に見極めれば、かなり用心深くはなるが、こうした配慮が要るということが年を取ることの煩わしさというものだ。

つまり老年には、次々に欠落する機能を、別のもので補完するという操作が必要になって来るのである。だからほんとうはアタマがボケても仕方がないなどと言ってはいられない時期なのだ。

老年はすべて私たち人間の浅はかな予定を裏切る。時間ができたら、ゆっくり本を読もうとすれば、視力に支障が出る人も多い。老年になって山歩きをしたい人など、内臓が健康でも、膝に故障が出れば、それも叶《かな》わないだろう。

一番おかしいのは、ゆっくり趣味を楽しみたいと思う時に、定年退職した夫がいることが最大の予想違いだ、という人も多いことだ。夫が全く家事に無能で、自分でカップヌードルにお湯を注ぐこともできない人だから、と言う。一方で、「今ご主人のいる人はほんとうに大変だと思うわ。私は一人だから実に楽」とクラス会で言い切っているメリー・ウィドウもいるのだから、人生はとうてい計算できない。

ただ私は、老年に肉体が衰えることは、非常に大切な経過だと思っている。

私の会った多くの人は、努力の結果でもあるが、社会でそれなりに自分が必要とされている地位を築いた人たちである。それらの人々の多くは、どちらかと言うと健康で明るい性格で、人生で日の差す場所ばかりを歩いて来た人だった。

しかしそんな人が、もし一度に、健康も、社会的地位も、名声も、収入も、尊敬も、行動の自由も、他人から受ける羨望もすべて取り上げられてしまったらどうなるのだろう。そして一切行き先の見えない死というものの彼方《かなた》にただちに追いやられることになったら、その無念さは筆舌に尽くしがたいだろう。

しかし人間の一日には朝もあれば、必ず夜もある。その間に黄昏のもの悲しい時間もある。かつては人ごとだと思っていた病気、お金の不自由、人がちやほやしてくれなくなる現実などを知らないで死んでしまえば、それは多分偏頗《へんぱ》な人生のまま終わることなのだ。

一人の人の生涯が成功だったかどうかということは、私の場合、あらゆることを体験して死ねるかどうかということと同義語に近い。もっとも、異常な死は体験したくない。しかし尋常な最期はそれを受け入れるべきだろう。

愛されることもすばらしいが、失恋も大切だ。お金がたくさんあることも、けちをしなければならないという必然性も、共に人間的なことである。子供には頼られることも嫌われることも、共に感情の貴重な体験だ。

人間の心身は段階的に死ぬのである。だから人の死は、突然襲うものではなく、五十代くらいから徐々に始まる、緩やかな変化の過程の結果である。

客観的な体力の衰え、機能の減少には、もっと積極的な利益も伴う。多分人間は自然に、もうこれ以上生きている方が辛い、生きていなくてもいい、もう充分生きた、と思うようになるのだろう。これ以上に人間的な「納得」というものはない。だから老年の衰えは、一つの「贈り物」の要素を持つのである。

はらわたする

食べなくなった時が生命の尽き時

先日、或る集まりで、「尊厳死」について講演をすることになった。私は実は「尊厳死」などというものをよくわかって講演を引き受けたのではない。私は講演の冒頭で語ることになったのだが、実は世界中の多くの人々が「尊厳死」どころか、貧しさの中で「尊厳生」すら確立していないことを知っているので、尊厳死どころではない、と思うのである。だからまず尊厳生を確立すれば、尊厳死は自然に与えられるような気がしたのである。

とは言っても、人の死に際に多くの問題があるのは真実だ。どんな状態でも一日でも長く生かしてもらいたい、と当人も言い、親族も望む人もいる。夫と私は、或る人の生というものは、その人らしさが心身共に残っている場合で、ことに知的活動が再生不能と言われる状態にまで失われた場合には、その人を長く生かすことは残酷なような気がしている。ただ最近ヨーロッパなどでかなり現実的に使われているようになった安楽死をさせてくれる一種の病院のようなところに病人を引き渡すことには、どうしても違和感がある。

私の知人の話によると、ドイツでは、すぐ隣国のスイスが、安楽死を合法的に認めているので、スイスの病院だか業者だかに頼むという方法があるのだという。或る日、普通の病院の搬送車のような黒い車が一軒の家に来て、病人を運び出す。たまたま通りがかりにその光景を見た人は、入院なのかな、と思う程度である。しかしその車は、一番近いスイス領に入り、近くのそうした施設だか病院だかに行く。そこには、安楽死専門の部門があり、そこで病人には処置が施される。もちろん当人の充分な納得があってのことだ。そしてしばらくすると、その車は再び戻って来て、遺体を家族に渡すというのである。

もはや耐え難いほどの苦痛から解放されるには、それ以外の方法はないと思う場合もあるだろう。しかし私はそこまで、人間が死に介入することは望まない。死の時は、神か仏か、とにかく人間ではない存在の手に委《ゆだ》ねたい。だから私が望むのは、何が何でも肺や心臓を動かし続けるという手の処置だけはしないでほしい、ということなのである。

その判定をするのは、人が食べなくなった時だと思えばいいだろう。人間にとって最も原始的な情熱は食べることのはずだ。どんなに惚《ぼ》けた老人でも、食べる方法を忘れる、という人はいない。戦場の兵士には、性の処理のために、どうしても慰安婦のような女性たちがいる場所が必要だ、という説もあるが、しかし現実に軍隊生活を体験した人に聞くと……もちろん個人によって感覚は違うだろうが……食欲は衰えないけれど、性欲は馴《な》れない集団生活の中では、いち早くなくなってしまうものだというのである。

空腹は執拗《しつよう》で、もしかすると他人のものを奪ってでも食べるという蛮行さえも犯してしまうかもしれない、と思ったことはある。しかし日本全土のあちこちにアメリカ軍が上陸して、圧倒的な火力で攻められ、自分の命も国家の命運も尽きるかもしれないという時に、性欲などどうでもよくなる、という。

それほどに人間を生かすためには基本的に必要な食欲というものさえなくなって、食べろと言われること自体が実に辛い、と病人が言うようになったら、それはもう自らが生を拒否している状態である。生命が自然に尽きていい時なのだ、と解釈してもいいだろう。

その時には、動物としての人間の選択に自然に従う方がいいと、私は思うのである。

動物でも人間でも、生きている限り、そして生きる可能性のある限り、生のためには努力をするものである。傷をなめ、水辺までよろよろと辿《たど》り着く。しかしその努力がもうできなくなったら、その時は、死に向かわせてやっていいのである。

インドのガンジス川に面したベナレス（ヴァラナシ）には多くの信仰深いヒンドゥ教徒や、無責任な観光客が押し寄せる。信仰を持つ人たちはそこで聖なる川の水を浴びて祈り、老人や重病人はこの聖地で死ぬことを期待してその時を待っている。

いずれにせよ、そこには生死のドラマが最も露《あらわ》な形で展開しているから、一種異様な濃密な緊迫感が観光客までを捉えるのである。

川辺は、生きている人たちが祈りのために集まる河岸《ガート》と、死者を焼くための河岸とに区別されている。人はいつでも死ぬので、死者を焼く火葬の火が絶えることはない。子供が生まれ、老人は息絶える。それが地球の営みのごく普通の姿を思わせている。

死者への最も直接的な愛を示すには、死者の遺体が充分に燃えるように薪《まき》を買うことでもあるらしい。しかしインドは禿《は》げ山が多くて、薪は貴重品で高価なので、貧しい人たちは必ずしも充分な薪を買えるとは限らないから、それが苦労の種だ。

死者の河岸には、毎日ひっきりなしに大小の葬列が遺体を運んで来る。一種の担架のようなものに布を巻いた遺体を載せ、花で飾っている。死者のための河岸には、空に届くかと思われるばかりにたくさんの薪を積み上げた薪屋がいて、遺族たちはそこで薪を買い、井桁《いげた》に組んだ上に死者を載せ、よく燃えるようにギーと呼ばれるバターのような脂を注いで火をつける。火葬の一部始終は、長男が取り仕切り、死者の妻はそこには行かないという。

貧しい人は薪をぎりぎりの量しか買わない。実際は買えないからなのだが、しばしば遺体は部分的に焼け残る。それはそのまま、遺灰と見なして川に流す。だからガンジス川には、時々人間の遺体の一部も流れていて、それが川の汚染にも繋《つな》がっているというが、人々はあまり気にしているふうには見えない。

今でも私の眼に浮かぶのは、そうした葬列の末尾に大振りの薪一本を担いで連なっていた一人の婦人である。日焼けした痩せた顔、細い手足、しかし力仕事には困らないような頑丈な筋肉はまだ残っているのだろう。彼女は、友達のために薪一本を最後に贈ることを考えたのだろう。この一本の薪によって、友達の遺体が気持ちよく最後まで軽やかな灰になればいい、と恐らく彼女は願ったにちがいない。その慎ましい善意の表情が、私の眼に焼きついて離れない。

「死んで死に切れる」人生とは？

たまたまごく最近私が手にした一冊の雑誌がある。『福音宣教』というカトリックの雑誌で、私が毎月教えられることが多いので、年間購読を申し込んでいるものである。

その中でさいたま教区終身助祭の矢吹貞人師が、「最後の感謝の捧《ささ》げもの」というエッセイを書いている。師の二人のお師匠さんに当たるカトリックの神父たちの、それぞれの見事な最期を書いた文章である。

私は矢吹師と、もう何十年も前に、ローマのベネディクト会の、暗い寒いチャペルの中で、初めて単なる旅行の同行者というだけではない、言葉を交わした。当時の師は国立大学の教授だった。定年後、カトリックの修道者になることなど考える必然がないほど、順調で良識的な人生を歩いていた人であった。

人の人生には何でもある。そしてそれらのすべては神が用意しておられた筋書きだ、ということが、矢吹師の場合にもまさにぴったりと当てはまる。言うまでもないが、神が一人一人のために用意した人生の脚本には、どのような作家も戯曲家もとうてい及ばないほどの深い意味とすばらしい筋の起伏が隠されている。もっともそれらのすべてが、その人物にとって、優しく甘いわけではない。しかしこの場合も、神は矢吹師のために、唯一無二の筋書きを用意され、師は定年を過ぎてから修道者の道を歩み始めたのである。

師はそのエッセイの中で、フィリピンで長い間土地の人々と共に暮らしたN神父について書いている。明るく豪放に見えるN神父を私も知っていたが、神父は最後の発作の後、「ぼくは長生きするために神父になったんじゃない。仕えられるためじゃなく、仕えるために神父になったんだ」と言って、恐らくそれが日本への最後の帰国となるだろうと思われる機会を自ら見送った。フィリピンで死ぬためであった。

この何気ない挿話が、私たちに一つの示唆を与える。仕えられるのは、偉い人である証拠というより、最近ではその人が幼児性を持っている場合が多い。しかしN神父は、最後まで仕える側に立つことを選んだ。神父はつまり人間として強く、大人だったのである。

矢吹師は、師の人生にとって決定的な言葉になったものについて書いている。新約聖書の『ルカによる福音書』10・30以下には、いわゆる「よきサマリア人の物語」なるものが語られている。神が「隣人を自分のように愛しなさい」と命じたのに対して、イエスの揚げ足をとろうとしている律法学者たちが「隣人とは誰か」という質問を発してイエスを試そうとする場面である。

当時、ユダヤ人社会からみて、サマリア人たちというのは、エルサレムの神殿とは別にゲリジムの山頂の神を拝む異教徒、異邦人として扱われていた。しかし物語は一人の旅人が、追剥《おいはぎ》に遭った話を紹介する。

盗賊たちに傷を負わされた旅人に対して、そこを通りかかった祭司とレビ人は、どちらも、見て見ぬフリをして通ってしまった。傷口の血に触れて汚れをうける面倒を避けたのである。祭司もレビ人も、ユダヤ教の宗教的指導者なのだが、彼らは何一つ人を助けるということをしなかったのに対して、ユダヤ人たちから疎外されていたサマリア人が、最後にそこを通りかかり、傷を負った人を「憐《あわ》れに思い」手当てをし、ロバに乗せて宿屋に運び、その宿賃まで払って帰って行った。

イエスはその話を引き合いに出して、「三人の中で誰がほんとうの隣人だったか」と聞いている。するとさすがの律法学者たちも、「その人を助けた人です」と答えざるを得ない。つまりユダヤ人から見て、蔑まれ差別されていたサマリア人の方が、真に温かい心を持っていたというのである。

この時サマリア人は、傷を負って倒れていた人が、いつも自分たちを差別していた思い上がったユダヤ人であるにもかかわらず、「憐れに思った」のである。この「憐れに思う」という言葉のギリシャ語としては「スプランクニゾマイ」という言葉が使われていることに矢吹師は触れている。

この動詞は、スプランクノン＝内臓という言葉から来たものである。つまり当時、情は、ハートからではなく、内臓（もっと正確に言うと横隔膜）から出るものだと思われていたのだ。そしてこのギリシャ語原語に対して神学者として有名な佐久間彪《たけし》神父は、「はらわたする」という豪快な訳語を当てていたという。つまりほんとうの憐れみというものは、或る人のはらわたの底から絞りだされるようなものだということであろう。

人間としての生涯を完成するのは、この「はらわたする」思いを持つことであり、持たれることではないか、と私も思う。利己的な人や、他人に対してそれほどの深い強烈な思いも持たない人は、自分がその対象になることもないだろう。

もし人がその死までに、この世の一人の人からでも「はらわたされる」ことがあったら、その人は、「死んで死に切れる」のだと私は思う。それに対して魂の出会いもなしに死ぬことほど寂しいことはない。

それこそ、この「はらわたし」「はらわたされる」ことこそ、尊厳生なのである。そして尊厳生ができた時、自然に尊厳死も可能になる、と私は信じているのである。

『私日記』より

夫を見送る

編集部注／著者の夫である作家・三浦朱門氏は、二〇一五年頃から転倒することが多くなり、やがて車椅子生活となっていく。曽野氏は自宅での介護を決め、夫に寄り添い続けた。その日々が記された『私日記』の一部を収録する。一七年二月三日、三浦氏は間質性肺炎により東京都内の病院にて永眠。享年九十一。

衰え――誰がベルを鳴らしたのか

二〇一五年十一月一日～十二月八日

日記の書き方を少し変えざるをえなくなった。私が生活を変えたからである。

朱門と私の体力が、それぞれ違った表現で、なくなって来たのである。

まず朱門が、或《あ》る日から、やたらに倒れた。と言っても意識がなくなったのではなく、ばたりと倒れたのでもなく、立てなくなったのである。お風呂の中から出られなくなった日もあり、自室や廊下で転んでいた日もある。おでこをぶって、大したことではないが、血まみれになっていた時もある。

私はいつも生活に関してわりと諦めのいい性格なので、私たちは根本から生活を変えるべき時に来ているのだ、と考えた。朱門のところには二週間置きくらいに、訪問医の小林徳行先生が来てくださる。患者になった時、「私たちはもう積極的治療もしません。精密な手のかかる診断も受けません」とお伝えしてある。しかし放置するのではない。家庭で治せる範囲の治療はこまめにお願いしている。その方が当人が楽だからだ。

小林先生は朱門の状態によって実に細かく処方を変えてくださる。しかし何かあっても、「救急車を呼ばないで、自分に電話をしてください。夜中でも来ますから」とも言ってくださった。私たちの努めは、できるだけこういう先生を叩《たた》き起こさずに人生を終わることだ、と私は思っている。先生の言われたことの真意を、私は正確に理解しているとは思えないが、救急車を呼ぶとあらゆる救命処置をつける方向に決められてしまうからではないか、と思う。

人間将来のことを断言することはできないが、私は朱門をもう入院させる気がない。うちでできるだけ普通に生活をしてもらって、それでいつか最期がくれば、それが一番自然で明るくていいと感じている。それで私は事情が変化して数日のうちに、看護人の仕事を一番に優先することにしてしまった。

どんな人間の暮らしにでも、どんな短い時間にでも、優先順位ということは実に大切なことだ。私は長い年月、いつもほとんど自動的にこの順位を作り、それに従って生きて来た。小心者だったせいだろう。朝起きて、今日一日の生き方の順位をつければ、それで混乱しないし、退屈ということもなかった。

考えてみると、現在、連載は短いのも混ぜると、十本あった。それだけは書き続けることに体が馴《な》れているし、書くことがあるから引き受けているのだ。それだけはしばらく続けることにして、その他のこと……対談、インタビュー、テレビなどを全部原則断ることにする。講演はもう去年から止《や》めているから、それで何とかなるだろう。

私は、まず家の中を看護し易いように変えることにした。朱門は今まで二階の七畳半ほどの部屋を使っていて、トイレも近くにあって自分専用だった。しかし二階というものは看護人にとって不便だった。看護人の原則は、病状に悪影響が及ばない限りで、できるだけ手を抜くことだ。うちには、一階の家の中央に、何とも言えない二十五畳ほどの部屋がある。一部が食堂、一部にマッサージ・チェア、片隅に秘書の机とコンピューター用のデスクが一台、囲炉裏風のテーブルなど、つまり雑然とした空間だった。そこをすべて朱門の居室にした。大きな食卓は、私たちの仕事場に移し、そこを秘書の部屋にした。思い掛けないことに秘書はこの「部屋移り」を喜んでくれた。前より机は広くなり、落ち着き、庭は眺められ、仕事をしながら日光浴もできる。

一方広い部屋の方にはベッドを置き、衣類を入れる籠を運び込み、午前中は朱門の動きが悪くてまた倒れる恐れもあると思われたので、歩行補助器を借りてそれを置いた。とにかく空間がなければ、朱門自身も自分で動けないし、私たちも介護をしにくい。囲炉裏風のテーブルも捨て、古い事務椅子も捨てた。

この家を建てた約三十年ほど前、この空間を二つほどの部屋に区切る意見もあった。しかし私はそれをしなかった。つまりだだっぴろい空間にしておいたのである。それが今にしてみるとほんとうによかったのである。

何を犠牲にしたかと言うと、この家でお客をすることだった。私は親しい知人にお惣菜《そうざい》でご飯を出す趣味もあったのだが、それはこの変化を機に止めた。秘書は仕方がないとしても、外部の人は入れない。心置きなく、療養にだけ使う。幸い部屋は南向きだから、昼間は暖房が要らない。庭で育てている菜っ葉畑も見える。風呂桶《おけ》の倍くらいの小さな池に、こうした設備を整えている間に、野生の巨大な青鷺《あおさぎ》が図々しくやって来て、金魚を食べた。結構ドラマもあるのだ。

うちの小さな池は、関東平野にいるこうした野鳥の間で有名らしい、(と私はおトクイになっている)。すぐ近くに蓬萊《ほうらい》公園という公園があってそこに大きな池がある。付近の住宅地から時々鯉《こい》や金魚を放す人もいるらしく、そこにはもっと豪華な生きた「刺身」がいるはずだ。それにも拘《かか》わらず、前に来た白鷺は、我が家の池の牢《ろう》名主みたいな二十センチに近い金魚をまずつまみ上げ、秘書に見せびらかしながら食べた。近所に住む能無しのネコは、にらみを効かせただけで、鷺を追い払えなかった。それなのに、今度は青鷺だ。普通の家の池の端に立たれると、この野生の鳥はぎょっとするほど大きい。

そんなことが全部見える。台所が隣だから、私の声もお鍋の音も聞こえるだろう。朱門は耳が遠いから、話の内容は理解できないだろうけれど、生活の響きみたいなものが潮騒《しおさい》のように聞こえて来るからそれでいいのだ。

つまり私は、あっという間に生活をスリムにしてしまった。物で満ちていた場所を、空間にした。空間という場所は何というさわやかな生気に満ちたところだろう。そこには許容もあるし、新たな思考の訪れもある可能性を見せている。

私は書斎にあった私専用のソファと高さの合った小さなポータブル・デスクに載せたパソコンを、この朱門の新しい居間に移した。このソファは、私がなぜかひどい肩こりになやまされている時代に、ほんの少し後にリクライニングすることで、頭の重みを背もたれに分散できる、という便利さにすがって買ったものだった。

そのソファに私は夜も寝ることにした。「どれくらい、後に倒れるの？」と聞いてくれた人がいたので、私は「飛行機のファースト・クラスくらい」と威張って答えたのだが、「ファースト・クラスなんて乗ったことがないから」とあっさり無視されてしまった。しかしとにかくこのソファはベッドに近く平らになったので、私はそこで十日ほど寝た。

私は変革や変調の時に、その未知の状況を受けて解決策を考えることを、一種のゲームのように考える不真面目な癖があり、その不安定をあまり不幸の種とは考えずにいられた。

狭いソファの上にまともな布団を掛けて絶えずずり落ちる不便を嘆く代わりに、夜は厚いフリースを着込んだ。布団のようなものを着込んで寝れば、布団を掛けなくても風邪をひくことはない。

朱門は夜中に起き出すと、辺りを歩き廻った。睡眠薬かお酒を探すのである。いくら睡眠薬はもうあげられません、と言ってもききわけがなかった。ウイスキーの瓶をベッドの脇に置き、量はそれほど多くはなかったのだろうが、顔が真っ赤になるまで飲んだ。それまで全くお酒飲みではなかったので、私は驚いてしまった。しかし或る日、小林先生の代わりにいらした若いドクターにその話をすると、

「老年には『何でもあり』なんですよ」

とすばらしい答えをされた。そうか、そういうものなのか。私は新鮮な感動を覚えた。しからば私は、今後どういう醜態をさらして死ぬことになるのか、と私は未来を期待することにした。

すぐに悟ったわけではないが、一カ月ほどの間に私は、新しい状況にあらかた馴れた。

「そう、どうしても飲みたいなら、いくらでもお飲みなさい。自分で選んだ道で死んでも、それなら本望でしょうから」

と私は言うようになった。

その間、私がまだ執着し続けたのは、家をきれいにして置くことだった。手の動きも悪

くなったので、朱門は時々はトイレを少し汚すこともあった。私はその後を時間的に追いかけて掃除することだけは手を抜かなかった。家が古いのも、病人の寝間着が少しほつれているのも、一向に気にならなかったが、家の中に病人臭とでも言うものが漂うのだけはいやだった。幸いにも、現代の日本には、トイレの汚れなど、すぐに拭き取ってそのまま捨てられるすばらしいウェットティッシュのようなものもある。私はそういうものにお金を惜しまなかった。そして貧困老人になるということは、この手のものを買えないことなのだろう、それは気の毒なことだ、と考えた。この手のものは、思わぬ出費と言えば言えなくもなかったのである。

そんなふうになっても、朱門は毎日、本屋に行きたがった。よろよろでも一人で行く、と言い張る日もあれば、「駅前まで車で送ってよ」と言う日もあった。毎日という頻度がむしろ異常だった。しかし私はすべて彼の望むようにさせることにした。歩き方のおかしい老人を、どうしてあの家族は一人で歩かせるのだろう、と世間は思うかもしれないが、朱門にすれば、一人でまだ駅前の本屋まで辿《たど》り着くことは、好みの暮らしをすることの証《あかし》だった。だから途中で転ぼうが、最悪の場合、車に轢《ひ》かれようが、それも彼の選んだ

生き方なのだ、と私は思うことにした。しかし私は彼に、

「お金だけはちゃんと払って来てくださいよ。万引き老人だと言って、警察に突き出されても、引き取りには行きませんからね」

と言うことにしていたが、本の値段は大体のところ狂っていなかったし、お金もきちんと払って来ているようだった。私はわざと本屋の帰りに、同じビルの中にあるスーパーで小さな買い物を頼むこともあった。転ぶと被害が大きい卵のようなものではなく、パンとか薄揚げのような軽いものなら、持ち運びも楽で、彼も自分が生活の役に立っているということを喜んでいる風で、そうした買い物におかしなところはなかった。

朱門は非常に痩せて言葉少なになってはいたが、お手伝いの人には、時々思い出したように感謝の言葉を口にした。それと、私と違って、朱門は身だしなみがよかった。「うちは女性が多いから、僕が寝間着でいるのは、寝室のある二階だけ」というルールをきちんと守っていて、自分の居室が階下に移った後どんなに行動が不自由でも、毎朝長い時間かかって普段着に着替えた。セーターは何枚も持っていて、毎日必ず前日と違うものを着た。その時、色の取り合わせも自分なりに決めていた。茶系のセーターとズボンを穿《は》いた時に、

私がただ洗濯がしてあるからというだけの理由で紺の靴下などを出すと、怒って自分で茶系のズボンに合う色の靴下を取りに行った。

病身のくせに、靴下を取り替えに行くという身軽さが私には理解できなかった。そして辿り着いた一つの知識は、人間の徳のようなものも、健康なうちに、一種の性癖として身につけておくべきで、老人になってから慌てていい人になろうとしてもできない、ということだった。

しかるに私はちょうどその頃、体の具合が悪かった。とにかく何をするにもだるいのである。その原因は、ビタミンBが不足する体質のせいなのか、甲状腺ホルモンの不足か、膠原《こうげん》病の一種であるシェーグレン症候群のせいかはっきりしなかった。該当する二つのホルモンの数値が境界線くらいの値らしく、私はまだ何も薬を飲んでいなかった。年をとれば、こんな症状になる人はいくらでもいるだろう。ただ朱門は、時々だるいというだけで、どこも痛くも痒《かゆ》くもない、と言う日が多いのに比べて、私は日々の軽い作業目的量をこなすのも辛《つら》かった。十一月二日に、私はちょうど診察を受ける日に当たっていたので、新横浜駅の近くの山前正臣先生の所に行き、「このままでは人間をやって行くのに不自由します。私はもう少し毎日家の中で働きたいんです」と訴えた。山前医院の明るい待合室では、私が座った椅子からほんの二メートルほどの所にマガジンラックがあり、私はその中から自宅で読んだことのない雑誌を見つけて楽しんで読んだ。名前を呼ばれた後、私はその雑誌を二メートル先の元のラックに返しに行くだけのことに、ひどい気力が要った。できればこのままずっと座っていたかったほどだるかったのである。

その日から私は少量の副腎皮質ホルモンと、甲状腺ホルモンの投与を受け、「すぐには効きませんよ」と言われたが、明るい顔で家に帰って来た。暫《しば》らく経《た》つと、完全にだるさが取れたわけではなかったが、一歩も動きたくないほどの辛さはなくなった。それで私は夫の看護人に生活を切り換えるというかなりの難事業を切り抜けることができたのである。

初め私は、看護か小説か、どちらかを選ぶのだと思い込んでいた。子育てと作家の生活はあまり両立するとは思えなかった記憶があったからなのだが、私は今度は迷わなかった。人の命に関わることと作家であることとは、比べようもないものだった。私は本能的に一人の老人を看護する方を選べた。

しかし、それから後が私のいい加減なところなのだが、外へ出る仕事も、新しい単発の原稿もすべて断って、暇と体力を連載にだけ使おうと決心すると、実際に私は時間がたくさんあるのを発見した。おかしなことに、私は執筆の時間が失われる外的な理由ができる度に、書く速度が早くなっていたのである。

初めは六十四歳で日本財団に無給の会長として就職した時であった。そして次が今回である。つまり私は、できればやれるのに、いつも怠けていたい、という感覚が先に立っていたのである。

家に引きこもっていることは、実は私の性に合っていたらしいが、それでは私はますますいびつな性格になる。だから私は意識的に町に出る機会を作ることにした。もっともだるさは抜けていなかったから、気力を振り絞って出かけている面がなくはなかった。

私は音楽を聞きに行くチャンスを選んだ。十一月十日には日本音楽財団主催のヴァイオリン・リサイタルに行った。日本財団が所有しているストラディヴァリウスのヴァイオリンのうち「ハギンス」と呼ばれる一七〇八年製の楽器が、韓国の若いヴァイオリニストのイム・ジョンさんという方に無料で貸与されていた。

その日の演奏会で、私は初めてイェネー・フバイ（一八五八〜一九三七）という作曲家の「カルメンによる華麗な幻想曲　作品3　第3番」という曲を聞いた。もちろんビゼーのオペラ「カルメン」の主題を取っているのだが、たった十分の短い曲の中で、私はほとんど完全にカルメンの物語の心髄を感じて感動した。それは人間の運命の意味だった。人の生涯を決めるのは、努力ではない、才能でもない、運命なのである、とその晩、私は深く納得した。

同行した人は、私と違った面でハギンスにうたれたのがおもしろかった。自分でもヴァイオリンを弾く方なので、「弾かせてください、とは言いませんけれど、一度でいいからあの楽器を手に持ってみたい」と謙虚である。

十一月十三日にはたまたま滞在中だったモンティローリ・富代さんも興味を持ったので、自衛隊音楽まつりを聴きに行った。演奏の合間に私は富代さんに「今度生まれ変わったら、自衛隊の音楽隊員になる」と言った。「どうして？」と聞かれたので、「きれいな制服を着て、女の人にもてて、匍匐《ほふく》前進みたいな泥まみれの訓練もあまりしなくてよさそうだから」と調子のいいことを言った。「楽器は何をやるの？」「もちろんピッコロに決まってるじゃない。チューバなんかやったら肩が凝ってたまらない。一番軽い楽器がいい」

とうとう富代さんは笑いだした。私には全く音楽の才能がないことも知っているし、私は私でこの自衛隊の音楽隊員は、入隊してから音楽好きの素人を集めて訓練したのではなく、入隊以前から、防衛省が各音楽大学に行って勧誘して集めたセミ・プロたちだ、ということを聞いたこともあるからだった。私が宝塚に入りたい、というくらい、こうした話は私の生活の緊張を解きほぐした。

朱門も自分の弱り方をどれだけ自覚しているのかわからないが、外出はしたがった。阿川弘之氏の「お別れの会」にはどうしても行きたいと言うので、私は帝国ホテルに同行し、第三の新人と言われたグループの中でたった一人生き残ってしまった一人として、挨拶もさせて頂いた。マイクの前に立つ時、私はついて行くのを憚《はばか》り、途中で転びはしないか、挨拶が長くなり過ぎはしないかと恐れたが、注意をするきっかけは失っていた。しかしあまり長喋《しゃべ》りはしなかったので、私はほっとした。ぼけというものは、必ずスピーチが長くなることから始まるのである。それでもご挨拶をしただけで朱門は疲れ、それで中座して帰った。私は車の中で、「本物の自衛隊の『軍艦マーチ』を聞き損ねたじゃないの」と笑った。式次第には、自衛隊の演奏がある、と書いてあったのである。朱門が「ほかにどこで偽物を聞いたんだ?」と言うので、「ひところのパチンコ屋さんと、三浦の漁港からマグロ漁船が遠洋航海に出る時」と答えておいた。しかしあの漁船の出航風景は悪くなかった。親戚中が見送りにやって来て、リンゴを入れた籠を贈り、ぞっき本屋が港のコンクリートの上にじかに商品の本を二、三十冊並べて売っていた。

その同じ日の夜、私が作詩をし、三枝成彰さんが作曲をされた『レクイエム』の演奏会があった。毎年死者の月の十一月に、東京カテドラル聖マリア大聖堂で、この曲が六本木男声合唱団倶楽部によって演奏される。毎年歌いこむと上手になるのか、今日の演奏は最高だったような気がする。私の葬式を先取りして歌って頂いたと思うことにしよう。

しかしその後が、おかしかった。『レクイエム』に来てくれた友達や知人が、秘書の車に乗れるだけ乗って、回転鮨《ずし》を食べに行ったのである。私はまだ食べたことがなかったし、お客さまの中にはジョージタウン大学のケビン・ドーク先生ご夫妻もいらっしゃった。間もなくアメリカにお帰りになるというので、そういう方に日本文化の軽やかな最先端をお目にかけたかった面もある。

同級生たちはおもしろがってお皿数もどんどん殖えるし、私は生まれて初めてシャリカツカレーというものを食べた。すし飯にカレーとトンカツを載せたもので、私は大変おいしかった。寿司屋でカレーを食べるむちゃくちゃぶりも好きなのである。『レクイエム』の間に死を思ったあの荘重な時間は、全く遠いものになっていた。

十二月半ばまでの間に、私は神を見たと思った瞬間もあった。十二月八日の朝、午前三時半に、私は階下に寝ていたMさんに起こされた。今、ベルが鳴ったので眼を覚まし、こんな時間に誰だろうと思って出てみると、玄関の戸が開いていて、外の階段の下に朱門が倒れたままになっているという。ベルを押す時は、開けてくれということだから、ベルを押してから朱門が門扉に向かって歩くわけがない。倒れていることを教えてくれたベルは、一体誰が鳴らしてくれたのだろう、と不思議だった。

こんなふうに書くと、私はいかにも落ち着いていたようだが、寒さの中で私は困惑し切っていた。五段の階段を、倒れている人をどう持ち上げたらいいのかわからない。今朝は寒さがそれほど厳しくはないからまだいいようなものの、先日お風呂場で倒れられた時だって私はどうにもならなかったのだ。朱門自身が頑張って起き上がるようにしてくれたから、何とか脱衣場まで出られたのである。

するとそこにバイクの音がした。新聞の配達をする人で、後で調べると産経新聞社だった。とっさに私は思い切って、この老人を家の中まで入れるのに、手を貸していただけないでしょうか、と頼んでみた。背の高いその人はすぐに朱門の両肩を支えて立ち上がらせてくださった。朱門はそんな早くに眼を覚まし、楽しみにしている新聞を自分で取りに行ったのである。既に『毎日新聞』はポストに入っていた。

ベルを押して異変を教えてくれたのは、神以外に私には考えられなかったのである。

誤算――老々介護の現実

二〇一六年十二月一日～三十一日

人間の生活に誤算はつきものだが、夫の看護人として私の最大の誤算は、私の体の変調だった。私はとぼとぼではあっても、まだ数年は現在と同じように働けると思っていたのである。

悪くなったきっかけもはっきりしている。十一月下旬、フランスから帰って数日後、急に東京の天気が悪くなった。底冷えと言いたい冷たさが身に堪《こた》えた。私の足首は氷のようになったが、私は大して気にもしなかった。我が家は五十年以上経つ木造の家で床暖房もないのは辛いが、長年住んでいるので生活上の不自由はこんなものだと思っていた。

しかし翌日、急に左脚が痛くなった。一本の筋だけがこちこちになった。夫の介護の時、上半身を助けて起き上がらせるのにも力が入らなくなった。しかし車椅子を押すことも、布団を整えることもできる。

十二月に入ってしばらくしたある日、私は夫に言った。

「予算に入れてなかったことがあるわ」

夫は何か急にお金の要ることができたのか、と考えたようだった。

「何が予算外なの？」

「こうやっている間にも、こちらがどんどん年を取って体が動かなくなることを、予定に入れてなかったのよ」

年単位ではなく、月単位、いや日単位で、或る朝から突然、体力がなくなることを、私はまだはっきり自覚していなかったのである。

「そういうものだ。僕も同じさ」

夫は最近テレビも見ない。しかし、毎朝の新聞、家に送られて来る週刊誌、総合雑誌は待ちかねているように何時間もかけて読む。中には、私が連載している雑誌もあるので、秘書はまずその部分を切り取りたいらしいのだが、夫に隠しているような記事があるからではなくて、私は傷ものの雑誌を夫に手渡したくなかった。

毎日のように行きたがった本屋さんにも、もう現実として連れて行くことが不可能になった。運転に一人、車椅子を押すのに一人必要になる。しかも、車椅子を押すのには、やはりちょっとした技術と腕力が要る。

十二月の作家の生活は忙しい。あらゆる雑誌の締め切りが、五日から十日繰り上がる。どこの編集部にもそれぞれの事情がある。さらに印刷所との工程上の申し合わせがある。皆、絶体絶命の日程があるのだ。だからこちらもそれに合わせるべきだ、とは思う。

足の痛みはおかしなものだった。背筋を伸ばし、真っ直《ます》ぐ歩く分にはほとんど痛まない。しかし少しでも左に曲がろうとすると、キィーンという不愉快な痛みが突き上げる。

「困ったモンだ」

と私は秘書にぐちった。

「真っ直ぐ歩いていくと、新潟県あたりで海に落ちるじゃない。右へは曲がれるんだけど、右曲がりだけだと銚子か大洗あたりで、やっぱり海へ落ちるでしょう。左へ曲がれると下関までは保《も》つんだけど」

秘書は我が家のこういう会話に馴れている。私の地理の知識だってめちゃくちゃなのだから、まともな返事をするのに値しないこともわかっているのである。

さし当たり困るのは、私が三浦半島の海の家へも行けないことであった。東京でなら、夜少し遅くなる日でもイウカさん（注：お手伝いさん）が遅くまで台所の近くにいてくれるから、私が帰宅する頃には、朱門は無事に眠っている。

それでさし当たり、私が、一泊の温泉くらいには行けるように、朱門をショートステイなる「お泊まり」に行く介護つきの老人施設を決めて、馴れてもらうことにした。この場所を選ぶまでに、私はほとんど何も働かなかった。看護師の資格を持つ織本廣子さんが、ケア・マネージャーさんのお知恵を借りて、暁子（注：著者の子息夫人）もいっしょにいろいろ考えてくれたのだ。私は朱門が「そんな所へは行かない」と拒否するかと思ったのだが、私の体力が限界に近いのを感じたのか、言われるままに出かけた。

（後略）

搬送——僕は間もなく死ぬよ

二〇一七年一月一日～三十一日

人間、利己的なもので、朱門の体力が弱ってくると（同時に私の体力もなくなってきたのだが）、私は社会的な分野に興味がなくなって来たような気がする。初めから政治には興味はないが、身辺以外の社会の動きということだ。

私はあまり外へ出たくなくなった。しかしそれは一人の人間の生き方として「心身」に悪いと思っているから、切符をいただいてあったので、歌舞伎座と国立劇場へ行った。病人をかかえながら月に二度も「芝居見物」をする看護人なんて途方もない贅沢《ぜいたく》なのだ。

国立劇場の『しらぬい譚《ものがたり》』はほんとうにおもしろかった。一八四九年から一八八五年まで、三十五年以上にわたって絵入りの「合巻《ごうかん》」（長編小説）として、江戸の庶民の心を奪った物語らしく、「さあさあ、これからこの主人公はどうなるでしょうか」という小説の興味の基本点をしっかり押さえている。私自身が江戸の町人の気分になって筋を追っている。

その他は自宅で数人の編集者にお会いしただけで、外へ行く仕事は全部断ってしまっていたが、忙しかったのは、朱門の療養に関する準備だった。

太郎（注：著者の子息）夫婦がお正月に関西から帰って来たので、朱門はお正月のお祝い膳らしいものを、お皿にほんの少しずつ並べて食べた。小さな数の子、黒豆二粒、かまぼこ一切れ、という按配《あんばい》である。それでも一生懸命食べたのであろう。今思うと、それが人間らしい食事の最後だった。

一月四日に看護の手の揃《そろ》っているホームに行き、それから出たり入ったりした。今日記を見ても、その間のことは細かく記録されていないのだが、朱門が向こうにいる間は、私が毎日のように通っていた。何をするのでもないが、新聞と雑誌を届け、持って行ったりンゴをその場で擦って、リンゴジュースを飲ませるだけである。量は百cc飲めばいい方でスプーン二口という日もあった。たった一日、小さなプリンの入れものに六分目ほどのおろしそばを、それはかなりおいしそうに食べた。

私は一刻も早く、朱門をうちで暮らさせたかった。ホームの看護師さんたちはすばらしいプロだった。技術的にも人間的にも……朱門の昔話も聞いてくださったようだし、朱門独特の女房のワルクチにも話を合わせてくださるようなできた方たちだった。それでも私は家がいい、と思っていた。

内科も歯科も往診を受けられる。朱門はこの期間に奥歯が抜けそうになった。九十一歳でもまだ歯は全部自前なのである。奥歯のグラグラを発見してくださったのはホームの看護師さんで、私だったらとうていそんなことを見つけられはしなかったろう。気がつかないうちに抜けて、その歯が気管にでも入ったら大変だということで、歯科の小島静二先生がグラグラしている歯を抜きに来てくださった。すると朱門はその薄汚い歯を見て、看護師さんたちもいる前で、「この歯は、どの女にやろうかなあ」と呟《つぶや》いてみせたというのだ。その女は大事に指輪にして使うだろう、ということなのである。

朱門はいつもこういう悪い冗談を電光石火の早さで言う癖があり、何十年も前から付き合っている秘書たちなどは「またか」という感じで返事をする気もなくなっているのだが、それでも最近知り合った女性（ここでは看護師さんたち）がいたりすると、「うわァ、嫌だー」と言われたさに、まだ性懲りもなくこんなことを言うのである。私の前でも、この「どの女にやろうかなぁ」を言ったので、私は「こんな汚い歯なんて誰が貰《もら》ってくれますか。まあ一千万円くらいつければ、貰ってくださる方はいらっしゃるかもしれないけど、歯だけはすぐ棄《す》てられますからね」と言ってやったのだが、世間は朱門の表現の癖を全く知らないから、本気にする人がいるので少し困る時がある。

しかし彼の望みは、うちへ帰って老後を過ごすことなのだから、私は老衰のままでもずっと家にいられる態勢を作ることだけにその頃は必死になっていた。今でも私は一回だけ後悔していることがある。私の脚が痛くなって間もなく、私は「もう私はダメだわ。あなたの世話を続けられないわ」と呟いたことがあるのだ。私はもうベッドの上で、彼の半身を起こす力さえなくなったことを嘆いたのだ。こんな調子では、どこか病人の面倒を見てくれる施設に朱門を送らなければ私の体力では多分長くは続かないだろうということだったのだが、それから数日後に朱門は、「僕は間もなく死ぬよ」と言ったのだ。暗い調子でもなく、何かさわやかな予定のような口調だった。

彼は自殺を図るような人ではないが、自分の体にその予兆を感じたのか、それだけでなく、それが私たちにとっていいことなのだと言いたかったのか、どちらでもありそうな気がする。私たちは誰もが、適当な時に穏やかに死ぬ義務がある。

私の若い時、マリリン・モンローが自殺した。有名で美人なら、彼女のようなドラマチックな死に方もふさわしい、と当時不眠症で自殺願望もなくはなかった私は思った。しかし普通の人間は、つまらない死に方をした方がいい。だから自殺はいけない。三島由紀夫氏が市ヶ谷の自衛隊で切腹し、その後「同志」の介錯《かいしゃく》を受けて死んだ事件も、心がついていかなかった。作家は書けなくなっても、自殺で締めくくってはいけない。

私たち夫婦にとっては、自然に目立たずに、あまり世間を騒がせずに一生を暮らす、ということが、一つの美の基準だった。しかし現実問題として、朱門には二十四時間の付き添いが要るようになっていた。トイレに自分で行かれなくなっているし、毛布一つ自由に動かせないので、始終人を呼ぶ。

私は看護師などの人材派遣会社の人とも会って話を聞いたのだが、二十四時間、完全に交替制を取って人手を揃えることにすると、その会社の規定では、一月間に四百四十万円プラス消費税がかかることがわかった。

その間にちょっとおもしろいこともあった。たとえ朱門の貯金を使い尽くす気でも、そんなに高い人件費をかけるのは「不道徳だ」というおもしろい表現で優しく私を非難した人がいて、ヨーロッパから人手を呼べるという。その看護人は、キューバの男性で、ヨーロッパの一流病院で有名なドクターたちからも信頼されている人だという。

電話をかけると、ちょうど仕事の切れ目だから、いつでも日本に行きます、ということで、私は「今週中にも発《た》ってください」と言ってもらった。今彼はフランス語かイタリア語圏のヨーロッパで働いているのだが、私のフランス語はカタコト。しかしうちにいてくれるイウカさんはブラジル生まれだから、ポルトガル語で喋ると、相手はスペイン語はできるらしいから、何とかなるだろう。英語なら、私はたいていのことは通じるから……と私はいい加減な計算をしていたのである。

もちろん観光ビザで入ってきて、しばらく手伝ってもらうのだが、これがいけないと言われても私はあまり悪いとは思わなかった。緊急避難で致し方ない。できたら日本で日本人に働いてもらいたいのだが、日本の看護人斡旋《あっせん》会社の手を経ると、昼間だけの八時間勤務を頼んでも、月百万円を越す経費がかかるということは、おかしな話なのだ。ヨーロッパから出稼ぎに来る人は、その五分の一以下の手取り額でいいというのである。

この話は、結局朱門が**一月二十六日**の夕方、肺炎が悪化して入院したので取りやめになった。しかし当時、私は朱門を家に返して療養してもらおうとその準備にやっきとなっていた。

ついに誰も使わなかったベッドは、緊急入院した日に家具会社から届いている。その他、酸素吸入の機械とエアマットをどうするかとか、痰《たん》の吸引の設備まで用意するか、とかいうことに私は翻弄されていた。

実は私自身の脚の痛さがよくなっていない。とにかく数歩歩いても痛いのだから、少し辛いのである。それで原因がわからないと、根本的な治療もできないというので、生まれて初めて私は朱門の入院中にＭＲＩなるものを撮りに行った。変なお茶筒のような所に入れられて閉所恐怖症になるなどと言われていたが、別にそんなこともなかった。結果は脊柱管狭窄症《せきちゅうかんきょうさく》だという。この病気は私の長年付き合って来た人の中にも数人いる。重い道具を担いで歩いていた仲のいいカメラマンも同じ病気だ。長年生きて来て、六十三年も書き続けていれば、背骨くらい少しは変形するだろう、と私は思い、これは深く弄《いじ》らない方がいい、姑息《こそく》な手段でやり過ごそう、どうせあと数年しか生きないのだから、と迷うことはなかった。歩くのが痛いだけで、私は年の割りに、他の不便がない。

うっかり手術などすると、脚のしびれや頻尿になる人などがいると聞いて、私は怖《お》じけづいた。私が気楽にアフリカなどに行けるのも、こういう健康上の不自由がないからなのである。だからこのまま生きたい、と思っている。

しかしこれらのことがやれたのは、昔からの知人で看護師の織本廣子さんがいて、毎週どころかもっと頻繁に来てくれていたおかげだ。私一人だったら、どこへ何をどういう形で頼めばいいのか全くわからなかっただろう。

暦の上では一月二十一日になっていたのだろうが、家でトランプ米大統領の就任式を終わりまで見てしまった。日本の多くの新聞は、どうせトランプ氏について今年はよくない記事を書き続けるだろうから、それを読む時の参考にしたいと思った気分も少しある。いずれにせよ、日本のマスコミは、当分、自社や自分がＰＣ（ポリティカル・コレクトネス＝政治的、社会的に公正・中立的で、なおかつ差別・偏見が含まれていない言葉や用語。「用語における差別・偏見を取り除くために、政治的な観点から見て正しい用語を使う」という意味で使われる言い回し）を守る人間であることを見せるのに狂奔するだろう。その見地からみると、トランプ氏は人間ではない、という非難ができる。アメリカ人の代表とは成り得ない、と考える。しかし彼を合法的な選挙で選んだのは、過半数のアメリカ人なのだ。そのことを忘れてはいけない。

差別や偏見を持たない、ということは、言葉で示すのではなく行動で見せるものなのである。ユダヤ人風に言えば、そのために、どれだけ巨額の自分の財産を差し出せるか、あるいは危険を避けず自分の血を流せるか、ということで示さなければならないものだ。しかし多くの日本人は、言葉だけで人道や愛を示せると考える。金も出さない、ましてや血を流すことは、いかなる場合も完全な悪、と考える日本人には、損もしない、怪我もしないＰＣが向いているのかもしれないが、最高に胡散臭《うさんくさ》いものである。

一月二十三日に、ボリビアから日本に帰国中の倉橋神父が、ご飯を食べに来てくださった。私は普段は帰国中の神父方には、いつもお母さまの記憶に少しでも近い食事をさしあげたいのだが、ひじきや切り干し大根の煮物だって、母の味を他人が真似ることはできない。だから他に、ブリ大根やイワシの塩焼きをさしあげてそれでおもてなしとすることにしていたが、今年はもっと疲れていたので、釜飯を取って神父と二人で食べた。老年というものは、いろいろなところで思う通りにならないものだ。

一月二十五日夕方、私がホームに行こうとしていると、自宅で定期的にお世話になっていた小林徳行先生からお電話があり、朱門の状態が悪いので、「私の判断で昭和大学病院に救急車で搬送してもらいました」ということだった。それ以前から、朱門は風邪で熱が出たり、少しよくなったりしていて、小林先生は毎朝ホームの方へ見に行っていてくださっている、と看護師さんたちから伝えられていた。私は何より感謝していたが、高齢ではあるし冬場でもあるので、病気は風邪だと思っていた。後で考えると肺の組織自体がもうダメになっていたのだろう。

私はホームへ行かず、先生のご指示通り昭和大学病院の救急センターの入り口で待っていたが、救急車はなかなか着かなかった。そういえば、救急車というものは、事故が起きないように慎重に走るものなのである。

朱門が運び込まれてくると、数人の呼吸器科の先生と、毎年マダガスカルへ行ってくださっている土佐泰祥《やすよし》先生も来てくださって、そのうちの女性の先生が「もうあと数時間で話ができなくなると思いますから、今のうちに、お話をなさっておいてください」と言われた。その時、私は思わず不謹慎に笑いだし、「ありがとうございます。でも私のうちは毎日毎日、六十年以上話し続けてまいりましたので、今さら話すことはないんです」と言ってしまった。

それより朱門は水を飲みたがっているのに、そして私はいつでも清潔な飲み水を持ち歩いていて、ボトルについている小さな蓋を利用していつでもどこででも器用に病人に飲ませられるのに、「水は検査の後にしてください」と言われたのがかわいそうだった。

私はその日のメモに書いている。「戦地で重傷を負った兵士も、原爆に遭って皮膚がボロのように焼けただれた子供も、最期に望んだのは『水がほしい』ということだった。人の最期に水を飲ませることは、大事な仕事だ」。

朱門を運んで来てくださった救急隊員も、なかなか帰れずにいる。三十分以上待っているので、私が土佐先生に小声で理由を聞くと医師の診断書がないと帰れないのだという。それなら、真先に撮ったレントゲンでも他の検査でも、肺炎ということはわかっているのだろうから、早く書いて帰してあげればいいのに、と思うのに、このERの組織では、他の女の子を運んできた救急隊員も実に長く待たされていた。これでは数に限りのある救急車が、現実問題として動かないことになる。

朱門のさしあたりの危機は、血中酸素が五十八まで下がってきてしまったのだと後で教えられた。この数値は、そのまま放置すれば生きていけない範囲だという。ホームでも風邪の間に彼はずっと酸素吸入を受けていたのだが、民間の機械では、一分間あたりせいぜいで三から五リッターくらいしか供給できない。

しかし病院では十五リッターという強力な機械があるので、彼の状況は一応危機を脱したかのように見えた。

病室に入ってからも、朱門は声は小さかったが、充分にいつもの朱門らしかった。

「ここはホームじゃないのよ。病院なのよ。ホームじゃ、あなたは転んで青痣《あおあざ》を作った時、『これは女房に殴られたんです』って言いふらしたのがかなり浸透したけど、ここの病院ではまだ誰も知りませんからね。明日から鋭意言いふらさないと、女房のワルクチが伝わらないわよ」と耳元で言った。

すると彼は、「あれは古くなったから、新しいのにする」と小さい声で答えた。この手の女房のワルクチは、もうずいぶん長い間言い続けていてそろそろ古びて飽きて来たから、近くもっとパンチの利いた新しいヴァージョンにする、ということだ。再起不能の間質性肺炎に罹《かか》っていても、彼はまだこうしていたずらの種を考えていたのだ。

意識のある間、彼は私に「疲れているから早く帰りなさい」と言い、孫夫婦がロンドンから見舞いに帰って来ると、喜んだ。他者の存在が心にあり、その人たちの健康や幸福を考えられるということは、それだけで人間なのである。病人でも歩けなくても、まだ立派に人間なのだ。私はそのような形で、夫が最期の日々にも人間を続けてくれていることに深く感謝した。

息子の妻も関西からやって来てよく協力してくれたが、私はできるだけ病院に泊まることにした。何も会話はなくても、私が自宅のベッドの傍のソファに座っている夜八時半までの時間が大好きだったらしいので、間もなく終わるかもしれない生涯の最期の日々を、できるだけ今まで通り過ごすのがいいだろう、と考えたのである。

私は子供の時、昔風の父の元で、いつ父の機嫌が悪くなるかわからないという恐怖におびえながら暮らし、家族の穏やかな時間を知らなかった。

家庭というものは、心と体を癒し、失敗も包み込んでくれ、寒ければ火を焚《た》き、暑ければ汗を拭いてくれる場所だと知ったのは、結婚してからであった。だから三浦朱門は私を、まあ人並みな人間にしてくれたのである。私の根性が部分的にいびつなまま残っていたとしても、それは最近の心理学風に言うと、私の中に幼い頃の心理的な傷が残ったからだ、ということにしておいてもらって来た。

私は病院で夜中に眼を覚ますと、いつもベッドの傍においてある体温や呼吸数や血圧や酸素量などを示すモニターを見た。大体の標準値は覚えたのだが、血圧は信じられないほど低かった。一度最高血圧が五十八になった時、「ご家族をお呼びになった方が……」と言われて、孫夫婦も夜十時過ぎにかけつけたが、それでも朱門は静かに生き続けていた。その後、血圧は四十八くらいまで下がる時もあったが、その危機を朱門は自分で乗り越えた。「健康な病人」という言葉を私が思いついたのは、その時である。

入院した時に、一切の不自然な延命処置をしないことに合意する旨の書類に私はサインしていたのだが、それは二人の長年の暮らしの中で充分に申しあわせのできていたものであった。

一月三十一日、私は眠り続けている病人をおいて、浜離宮朝日ホールに、五嶋龍《ごとうりゅう》さんのヴァイオリン・リサイタルを聴きに行っている。五嶋さんは、私がかつて勤めていた日本財団が買い、日本音楽財団が貸し出しているストラディヴァリウス「ジュピター」を現在使っているが、演奏会では、シューマンの「ヴァイオリンとピアノのためのソナタ第2番ニ短調作品121第1＆4楽章」、モーツァルトの「ピアノとヴァイオリンのためのソナタ第1番ハ長調K6」、サーリアホの「トカール」、ヴィエニャフスキの「創作主題による華麗なる変奏曲作品15」が選ばれていた。五嶋さんの才能は、日本一という人もあるが、大変アメリカ的で明るいものである。私は初めて聴いたヴィエニャフスキの作品がおもしろかった。もっと最近の作曲家かと思っていたら、この作品は一八五四年、作者が十九歳の時に書いたものだという。

朱門の病室は十六階で、眺めがいい。朝は富士が見え、夜は月が昇る。眼下は、中原街道で昼夜を問わず自動車が流れている。朱門はただ眠っているのだが、私は病人に富士が見えるようにカーテンを調節していた。この恵まれた日本の土地で、こうして手厚い看護を受けられることを多分彼も喜んでいるだろう、と思えたからだ。

旅立ち――ハッピイ・バースデー

二〇一七年二月一日〜二十八日

この月、私の意識の中から、社会が霞《かす》んでいる。**二月三日**早朝、夫の三浦朱門が病院で息を引き取った。

恵まれた死、というのはおかしいという人がいるだろう。しかし私にはそう見える。朱門は、取り立てて心配することもなく、亡くなったからである。

最期は旗の台の昭和大学病院であった。それまで自宅で診《み》ていただいていた小林徳行先生のご配慮で、緊急入院させていただいたのである。血中酸素が五十八までに下がって、そのまま放置すれば、生きていない数値だということは後で知った。間質性肺炎という、老人がよくかかる病気である。

朱門は一月二十五日に入院して、二月三日早朝に、眠っているようにという表現が少しも不自然でない状態で息を引き取るまで、病院で適切な看護を受けた。昔私たちは、もうこれだけ生きたのだから、最期は自宅でほとんど自然に（つまり放置するのと同じ状態で）死ねばいい、などと語り合っていたこともあるのだが、最期は充分に手当てを受けた。何一つ思い残しのない死が与えられたのである。

私は若い時から、少しもいい妻ではなかった。朱門が病気をしていても、講演旅行には出かけなければならなかったし、朱門のお弁当作りをしたこともほとんどなかった。私は朱門をおいて、サハラ砂漠縦断の旅に出た。朱門は少しも反対せず、心配して待っているというふうもなく、私と同行の人たちの帰りを空港で迎えてくれた。朱門は私が外へでるのを妨げたことは一度もなかった。

朱門はただ最後の入院をした時、私が夜もついていることに執着した。いささか子供くさい成り行きだったが、今夜は別の人が付き添いでいますから、と言っても「知寿子（私の本名）がいい」と言うので、私は耳を疑ったくらいだった。私は時々暁子に代わってもらったが、思い残すことがないほど入院中も、傍についていた。私自身、いつまでも家族に甘えたい気分があって、朱門も同じだろう、と思っていた節がある。

朱門は昭和大学病院に約八日入院していた。入院が長引くことで、苦しんだ気配は全くなかった。臨終には取っても取っても痰が湧きだすのが辛い、という話を聞いたこともあるが、輸液の量が適切だったのか、そんな苦痛もなかった。

最後の晩も、私は病人のベッドから三メートルも離れていない所にあるソファで寝ていた。そんなところで疲れたでしょう、という人もいたが、私は人生の半ばからアフリカへ行くようになって未開の土地へよく行ったので、こんな上等なソファがあれば、眠れないという人がいるのが不思議なくらいだった。

三日早朝、私は病室のソファで眼を覚まし、夜明けを待った。朱門は始終血圧が下がって、時には最高血圧が四十八くらいまでになった時もあったが、それでも自力で持ち直して生きていた。死の前日は最高が四十九、最低が二十一であったが、血中酸素の量が、四十八くらいまで下がっていた時もあったのに、その朝は六十三はあったので、ここのところずっと不規則な生活をしていた私は、せめて朝のシャワーを浴びようと思った。ほんの数分である。浴室を出て来ると既に朱門は呼吸していなかった。

四日夕方、ちょうどボリビアから帰国されていた倉橋神父が来てくださって、我が家で秘密葬式をした。とは言っても、四日のテレビが、どこから洩《も》れたのか、死を報じたので、私はあちこちから電話を受けたが、「いつ、お別れの会をしますか」という問い合わせに、「そのようなものはいたしません」と答えていた。朱門も私も、自分のことで人を煩わせるのが、昔から好きではなかった。そうでなくても、生きていた時にいろいろと迷惑をかけている。その意味での感謝は深い。その上死んでまで、忙しい人を呼び出すのは、私たちの好みではなかった。

倉橋神父の葬儀は、出席した人が、驚くほど明るい幸せなものだった。家族と数少ない知人と親戚だけで、神父は、今日は朱門の魂の誕生日だと言われ、その場で祭服の下からハモニカを取り出して、「ハッピイ・バースデー」を吹いてくださったので、私たちは皆合唱した。朱門の死の周辺には、ほんとうに暗い要素がなかった。

葬儀のミサが終わると、私たちは朱門がよく行っていた近くの中華料理屋さんに歩いて移動し、そこで「誕生祝い」の会食をした。秘書は目的を知らさずに二十人分の席を予約したので、ご主人は当然今日も朱門がいると思っていたらしいが、その晩は姿が見えないので、私に尋ねた。

「今日、三浦先生は来ないのかね」

すると私が無表情で答えたと友達の一人は言うのである。

「昨日、死んじゃったんです」

その時の中華料理屋さんのご主人の凍りついたような表情が気の毒だったと、彼女は言うのだが、私にすれば何と言えばよかったのだろう。私は最近、ともすれば、情緒欠損症だと周囲に思われているらしいのだが、それが私の自己防禦《ぼうぎょ》本能の結果だったと思えなくもない。

私はともかく、朱門の育った家庭は、古い日本の生活の形式に、完全に無頓着であった。むしろそうした常識やしきたりに組み込まれるのに、反抗していた空気もある。朱門の父母は、無政府主義者であった。しかし息子がカトリックに改宗することも、嫁の私が好きなことをするのも決して妨げたりはしなかった。だから私は、朱門の死後も、自分なりの回復の経過を辿ることにした。

事実、私の生活には、まだ朱門の好みが色濃く残っていた。私は毎日朱門の声を聞いていた。別に幻聴ではない。ただこういう場合、朱門ならどう言うかと思うと、必ずはっきり答えが聞こえて来るのである。

家族の死後にはするべきことがたくさんある。ご弔問をいただいたお礼とか、支払いとか、届けられてきたお花を長くもたせることとか、部屋や遺品の後片づけとか、私はそれらのことを、人より早く始めた。多分私があまりセンチメンタルな性格ではなかったからだろう、とも思うが、私は自分の体力を既に信用していなかった。私は脊柱管狭窄症のためか、体中が痛い日もある。できるだけ生活を簡素化して、自分のことだけは、自分でできる生活に早目に切り換える必要があった。

こういう時にどういう生活をすべきか、私にも常識がなかった。私は朱門の死後六日目に仕事を始めた。その時朱門は私の意識の中で、「そんなに仕事を休んでいたって、僕が生き返るか」と言ったのである。

「遊ぶのをやめたって、僕が帰ってくるか」

と声が言った日もある。朱門は家族の誰でも、楽しく時間を過ごすことを目標においていた。だから私は差し当たり食事の手を抜かなかった。特に御馳走《ごちそう》を食べたわけではないが、毎日の食事がバランスのいいものであることは、いっしょに食事をする秘書の健康にも関わることだった。だから私は庭の小さな畑にホウレンソウなどを蒔《ま》いてもらい、それがホウレン木に近くなっても、まだ採り立てを食べるのを目的にしたりしていた。

私は当分の間、朱門が生きていた時と同じ暮らしをするのを朱門が望むような気がしていた。急に生活を派手にしたり、地味にしたりするのではない。以前通りがよさそうだった。

私は「朱門のいた部屋」においてあるお骨壺《こつつぼ》に、毎晩挨拶して眠ることにした。私らしく荒っぽい挨拶である。写真に向かって手を振って「おやすみ」と言い、お骨の包みを三度軽く叩く。それだけだ。

するとある日、朱門は「それじゃダメ！」と言った。何が？　と私が尋ねると、「三度叩かなかった」と言うのである。それで私は、二、三歩後戻りをして、もう一度叩き足して「煩《うるさ》いわねえ」と呟いた。するとそれで朱門は黙った。生きている時と全く同じ呼吸でである。

朱門は別に、部屋の掃除に煩い人でもなかった。しかしたくさんものを持たない人だったから、私の部屋は散らかっても、朱門の部屋がもので溢《あふ》れるということはなかった。私はだから家の中の無駄なものをいち早く追放した。朱門の記念になるものは、著書だけでいい。どこかで朱門の視線を感じていたから、家の中が、彼がいなくなった後、乱れ始めたと思われるのは嫌だった。

朱門と私は、生涯よく話をした。朱門は、ゲームも嫌い、昔、同人雑誌の仲間が我が家で麻雀をしていても、自分だけは傍に寝ころがって本を読んでいた。だから我が家の娯楽はお喋りだけだった。昼間私が一人で行動をした日には、誰が何をした、どんな光景だった、ということを私は逐一喋った。

そうした会話の間に、私は誰かに対して激しく怒ったり裁いたりすることがいかに幼いかを学んだ。朱門にとっては、誰が何を言おうが、それは怒りの種でも、侮蔑の理由でもなかった。すべてがあってこそ、この地球はおもしろいのだ、と言わんばかりにおもしろがって彼は生きていた。

朱門が死んだ後、私たちは、その死という変化を重大事件と思わず、ただ他人から与えられる心遣いに深く感謝するだけで、できるだけ日常性を失わずに暮らすことを目的としていたような気がする。

（後略）

本書は、2011年5月に『人生の第四楽章としての死』として徳間書店から刊行され、14年2月に現タイトルで文庫化された作品を再編集の上、『私日記9 歩くことが生きること』『私日記10 人生すべて道半ば』（海竜社17年5月刊・19年10月刊）の一部を編集・収録しました。

▼年齢等、種々の情報は、執筆当時のものです。

曽野綾子（その　あやこ）
1931年東京生まれ。聖心女子大学卒業。54年「遠来の客たち」で芥川賞候補となり文壇デビュー。以来、小説にエッセイと多彩な文筆活動に加え、世界的視野で社会活動を続ける。ヴァチカン有功十字勲章受章はじめ、恩賜賞・日本芸術院賞、海外邦人宣教者活動援助後援会代表（2012年退任）として吉川英治文化賞ならびに読売国際協力賞、菊池寛賞など数々を受賞。03年文化功労者となる。95～05年日本財団会長。著書に『無名碑』『天上の青』『神の汚れた手』『老いの才覚』『人間の分際』『夫の後始末』など多数。

増補改訂版　誰にも死ぬという任務がある
二〇二四年二月二十九日　第一刷
著　者　曽野綾子
発行者　小宮英行
発行所　株式会社　徳間書店
〒一四一－八二〇二　東京都品川区上大崎三－一－一
目黒セントラルスクエア
電話〔編集〕〇三－五四〇三－四三四九
〔販売〕〇四九－二九三－五五二一
振替　〇〇一四〇－〇－四四三九二
組版　株式会社キャップス
本文印刷　本郷印刷株式会社
カバー印刷　真生印刷株式会社
製本　東京美術紙工協業組合

ISBN 978-4-19-865779-6